相棒は副将軍
鎌倉謀殺

早見　俊

コスミック・時代文庫

この作品はコスミック文庫のために書下ろされました。

目次

第一話　醜聞の種

一

月の表情をさまざまに変化させている。
めっきり冬めいてきた。夜空を彩る下弦《かげん》の月を雲が撫でるように流れ、
元禄《げんろく》七年（一六九四年）神無月《かんなづき》二十日、水戸徳川家家臣・佐々野助三郎《ささのすけさぶろう》は、夜風に吹かれ縁側で空を見あげていた。
紺地無紋の小袖に裁着け袴《たっつけばかま》を穿いた助三郎は二十八歳。長身ではないが、すらりとしている。細面の顔は男前とは言えないが、どんぐり眼《まなこ》のせいで愛嬌を感じさせる。高い鼻は筋が通り、薄い唇は紅を差したように真っ赤である
神田相生町《あいおいちょう》にある高級料理屋『花隈《はなくま》』の一階座敷であった。どこか艶めいた風
風は清《さや》かだ。

が庭を吹き抜け、寒菊をそよがせている。

助三郎はじっと待っている。指定された時刻を半刻ほども過ぎていた。

だが、腹を立てるわけにはいかない。相手は水戸家のご隠居、御老公こと徳川光圀《みつくに》だ。

光圀は四年前に隠居し、かねてより心血をそそぐ「大日本史」編纂に専念している。編纂を推進している彰考館《しょうこうかん》には、水戸家中はもちろん他藩からも優秀な者が集められていた。助三郎も彰考館の館員なのだが、編纂に貢献しているとはとても言えない。

日頃、彰考館で顔を合わせているのに料理屋に呼びだすとは、御老公の病が出たのか、と助三郎は危ぶんだ。

病とは、お忍びで江戸市中を散策し、珍奇な物事に首を突っこみたがる悪癖《あくへき》のことだ。

「大日本史」編纂に役立つ史料収集、史跡めぐり、あるいは民情視察などを名目にして、藩邸を抜けだし、羽根をのばすのだ。

そしてそのお忍びのお供が、助三郎の役目。

なので、「大日本史」編纂には貢献していないものの、光圀のお供となると余人をもって代えがたい……と評価されている。当の光圀からは、「相棒」呼ばわりされている始末だ。

水戸家の禄を食《は》む者としては名誉なのかもしれないが、助三郎にとってはありがた迷惑というのが本音であった。

そんなことを思いながら待っていると、仲居が、

「お連れさま、お出でになられました」

と教えてくれた。羽織、袴を正し、座敷に戻る。

ほどなく光圀がやってきた。齢《よわい》六十七の高齢ながら肌艶がよく、眼光が鋭い。面長《おもなが》、鼻筋が通った顔は、若き日の男前を感じさせもする。ただ、髪と鼻の下にたくわえた髭は、年相応に真っ白であった。

「おお、助さん、待たせたな」

気さくな調子である。助三郎は両手をついた。

白絹の小袖に紫の袖なし羽織を重ね、金色の袴を穿いている。白髪頭には、真っ赤な宗匠頭巾《そうしょうずきん》を被っていた。太閤秀吉《ひでよし》か役者のような派手な身形である。

「ここは市中じゃ。堅苦しくなることはないぞ」

床の間を背負い、光圀はどっかと腰をおろす。正座ではなく、初めから膝を崩

している。雪洞《ぼんぼり》のやわらかな灯《あか》りに浮かぶ光圀は、機嫌がよさそうだった。

ちなみに江戸市中散策の際、光圀は隠居した旗本、徳田光九郎《みつくろう》と名乗り、佐々野助三郎は徳田家の家臣で通している。また、気楽な散策を楽しみたいという光圀の意向で、お互いを「ご隠居」「助さん」と呼びあっていた。

「まずは一献」

光圀は杯を取った。酌《しゃく》をせよ、ということだろう。その態度は尊大ではなく、きわめて自然な所作で嫌味を感じさせない。助三郎は蒔絵銚子《まきえちょうし》を持ちあげ、酌をした。

光圀は杯をあおぐと、助三郎には料理に箸をつけるよう勧める。膳には、鯛《たい》の塩焼き、煮鮑《にあわび》、鯉《こい》の洗い、雉焼《きじやき》といった、日頃、口にはできないご馳走が饗《きょう》されていた。

好意を無にすることはあるまい、と箸を進めた。箸で解れた鯛の身はやわらかく、焼き加減もすばらしい。さすがは高級料理屋だ、と舌鼓《したつづみ》を打っていると、

「助さん、用向きじゃがな」

と、光圀は小袖の懐を探った。

ところが、目的のものが見つからないらしく、しばらくごそごそとやっていた。

命令を伝えられるとあって威儀を正した助三郎は、おあずけを食ったようで手元無沙汰となってしまった。

　やがて、

「あった、あった」

　小躍りせんばかりに光圀が取りだしたのは、一通の書付である。

「ほれ」

　と、光圀が差しだした。助三郎は両手で受け取り、視線を落とす。

　藩邸に投げこまれた怪文書だ、と光圀は言い添えた。

　内容は、越後《えちご》十日町《とおかまち》藩《はん》七万石の藩主、老中の大野《おおの》駿河守《するがのかみ》忠義《ただよし》に関する醜聞《しゅうぶん》だった。いわく、忠義は老中の地位を得るため、競争相手であった大坂城代・井村《いむら》備前守《びぜんのかみ》正直《まさなお》を陥《おとし》れた、とあった。

　光圀によると、水戸藩邸ばかりか紀州家《きしゅうけ》、尾張家《おわりけ》の上屋敷にも同様の文が投げこまれたのだとか。

　大坂から江戸に戻っていた井村正直は、内藤新宿《ないとうしんじゅく》にある下屋敷で宴を催した際、酒が過ぎ、泥酔《でいすい》して近隣の百姓の妻を犯すという醜聞を起こした。そのため、左遷《させん》措置として奥州《おうしゅう》棚倉《たなくら》へ転封《てんぽう》となった。

怪文書は、井村の醜聞は大野忠義によって暴かれた、と書き記している。事を穏便に済ませようとした幕閣の意向を無視し、忠義が事件を明るみに出して井村を大坂城代の座から追い、老中昇進の芽をつんだ、というのだ。

「まさに怪文書ですな」

助三郎が言うと、

「そう申したであろう。聞いていなかったのか」

と、光圀は顔をしかめてから、

「御三家の藩邸ばかりか、お城にも出まわっておる。大奥にも撒かれておるようじゃ」

ぐびりと酒を飲んだ。

「いったい、誰がこのような文書を……」

助三郎は書付を返そうとしたが、持っておれと言われ、袂《たもと》に入れた。

「それを探れ」

光圀は目元を厳しくした。

大野忠義を、光圀は高く評価しているらしい。公平な幕政をおこなうと期待をかけているのだという。

この文書は、あたかも大野忠義を、出世欲に目がくらんで仲間を売り飛ばした悪人のように書きたてている。これを読んだ者は、忠義に対してよい印象は持たないだろう。

「承知いたしました」

助三郎が答えると、光圀はふっと息を漏らし、

「と、申しても、闇雲に探るのでは能がないのお……」

言いながら縁側に出る。

そのとおりだ。どこからどういう具合に探りを入れたらいいのか、見当もつかない。とりあえず、十日町藩邸を訪ねるか、と算段していると、縁側を足音が近づいてきた。羽織、袴に身を包んだ、どこかの大名家の家臣といったふうだ。

髪は真っ白、顔中皺だらけで、肌は干からびている。

「さ、入るがよい」

光圀に導かれ、男は光圀と助三郎の間に座った。男は物静かというよりは、陰気な感じがする。むっつりと黙りこくり、視線を落としたままだ。

「水戸家の佐々野助三郎でござる」

ひとまず、助三郎は自分から挨拶をしてみた。

おそらく、男が身分ある者であろうと想像できたからだ。助三郎が頭をあげたところで、

「十日町藩、大野家の家老、松本大炊助《まつもとおおいのすけ》でござる」

松本は軽く頭をさげた。

光圀が大野家の家老を引きあわしたのは、怪文書の一件に関係してのことに違いない。

「一件のあらましは話した」

光圀は松本に言った。松本は丁寧に礼を述べてから、

「殿も御老公さまには、深く感謝しております。また、御老公さまを煩《わずら》わせることに心を痛めてもおります」

松本の声はしわがれていた。松本は表情は動かず、渋柿《しぶがき》でも噛んだような顔だ。

「佐々野はこう見えて機転が利き、探索を得意としておる。この者ならば、かならずや怪文書の出所を探りだすぞ」

光圀は助三郎に視線を投げた。

こう見えて、とはどんなふうに見えるのだ、という不満と疑念が、助三郎の脳裏を過ったが、

「不愉快極まる怪文書でございますな。かならず、怪文書の出所を突き止めてみせます」

安請け合いもいいところなのだが、この場で役目遂行が困難だとは言えない。

ところが、助三郎の決意を聞いても、松本の曇った顔は晴れない。

「ところで、さっそく探索についてじゃがな……」

光圀が切りだしたところで、松本は語りはじめた。

「初めに申しておくが、わが殿はけっして井村さまを陥れたわけではない。殿は政《まつりごと》に身を捧げる覚悟である。邪心など微塵もお持ちではない。むしろ、陰謀めいた立ちまわりを、心から嫌うお方ぞ」

初めのうちは落ち着いた物言いだったが、次第に激してきた。ついには、興奮で顔を火照《ほて》らすありさまとなった。

気を高ぶらせた松本に、

「まあ、松本、一献傾けよ」

光圀が宥《なだ》めるのもなんのその、

「これが、激せずにおられましょうか」

と、怒りに震える両の手で、杯を光圀に差しだした。光圀のお酌を受けても、

松本の怒りはおさまらず、

「まったく、殿の志《こころざし》を知らぬ不埒な者どもの仕業に違いない」

と、声を怒りで震わせた。

少しの間を取ってから、

「ところで、松本殿は怪文書の出所について、お心あたりはございますか」

助三郎の問いかけに、松本は憎々しそうに顔を歪め、

「まずは、井村備前守正直」

と、吐き捨てるように言った。

「なるほど、井村が逆恨みをしたということですね」

「そう考えるのが順当だが、それだけではない。小川家《おがわけ》あたりも怪しい」

松本は手酌で、杯を満たした。

光圀が話を引き取り、

「小川伊賀守元清《いがのかみもときよ》は、井村正道の棚倉転封で、棚倉から上野榛名《こうずけはるな》へと転封になる。大野家は、上野国榛名藩から越後十日町藩に転封……つまり、三方領知替えじゃな」

蒔絵銚子を大野家、杯を井村家、碗を小川家で示し、畳の上に三角形を表した。

　松本が、

「小川家は今回の領知替えは、とんだとばっちりだと思っており申す。台所事情が悪いところへ持ってきて、転封に掛かる費用は莫大ですからな」

「そうじゃ」

　光圀も応じる。

　井村正道の醜聞が暴きたてられなければ、小川家の転封はなかった。

　奥羽の棚倉は表高三万石ながら土地が痩せており、寒冷の地とあって実質二万石と言われている。このため、以前七万石だった井村家の転封は、たしかに懲罰的意味合いが強い。

　一方、小川家のほうは、加増になるのは喜ばしい反面、実質二万石だった小藩が、いきなりの転封である。費用に加えて、転封後も加増にともなって家臣を増やさなければならず、喜んでばかりもいられない。

　いやむしろ、ありがた迷惑といったところだった。

「当家も、けっして楽な台所事情ではござりませぬ」

　松本はため息混じりにつぶやいた。

　松本によると、大野家にとっても、この転封自体は喜ばしいものではないらしい。以前の上野国榛名藩は七万石、転封後の越後国十日町藩と同じ石高であるが、この十日町藩は、雪国とあって年貢の取り立てが難しい。

しかも、十日町を中心とした領知のほかに、越後国内に飛び地が散在している。飛び地は二万石に相当するが、越後は東西に広いため、年貢徴収、治安維持には思わぬ費用もかかった。

「それでも、殿は老中を拝命したのです。御家の台所が多少傾こうが、公方さまに尽くす、公儀の政に粉骨砕身する覚悟なのです。われら家臣も殿のため、禄を削ってでも、十日町に移る決意でござる」

松本の口調は熱を帯びた。

三方領地替え自体はすでに決定されたものの、転封が完了するのは来年の春くらいだそうだ。

「すると、大野さまを恨むのは、井村さま、小川さまということですね」

助三郎が確かめると、

「まずは、おふた方に疑いの目を向けるのが妥当《だとう》だろう」

松本は表情を厳しくした。

「わかりました。では、さっそく両家に探りを入れてみましょう」

内心、やれやれと思ったが、あらためて助三郎は引き受けた。

「よろしく頼みます」

両手を膝に置き、松本はお辞儀をした。

「わたしごとき者に、頭を垂れてはなりません」

「この怪文書がもとで、殿の青雲の志が頓挫《とんざ》するようなことにでもなったら、申しわけが立たぬ。面目のほどこしようがない」

不安を募らせる松本に、

「佐々野に任せておけば間違いない」

なんの根拠もないのに、光圀が自信ありげに言いきった。

「どうぞお任せください」

否定するわけにもいかず、助三郎も張りのある声で応じる。

「ならば、話はこれでよし」

光圀が切りあげようとしたのを、松本は妨《さまた》げ、

「佐々野殿、報告は随時入れてもらいたい。殿も気になさっておられるからの」

助三郎は光圀を見た。自分は光圀の命を受けている。復命も当然、光圀にすべきだろう。

光圀は、

「報告はわたしと松本殿にせよ」

と、松本の申し出を了承した。

「承知つかまつりました」

面倒になったとは、表情にも出せなかった。

「老中の醜聞となると幕閣の手にあまる。かと申して、上さまを煩わせるまでもない。となると、副将軍の出番じゃ」

光圀は真っ白な顎髭を指で撫でた。

「畏れながら、何度も申しておりますように、公儀に副将軍という官職はございませぬぞ」

助三郎が水を差すと、

「そんなことは百も承知じゃ。じゃがな、世の者たちがわしを副将軍と崇めておるのじゃから、しかたあるまい」

光圀は賛同を求めるように松本を見た。

「ごもっともです。水戸中納言さまは、天下の副将軍にござります」

恭しく松本が返すと、光圀はしてやったりとばかりに満面の笑みをたたえた。

助三郎が言うように、幕府の職制に副将軍はない。

しかし、光圀は庶民から「天下の副将軍」と畏敬《いけい》されている。水戸家の当主は現役でいる間、江戸に定府することが義務づけられ、国許《くにもと》には戻れない。

幕府にすれば、御三家のひとつ水戸家の当主には、江戸にあって将軍を補佐してほしいというための措置なのだが、水戸家からすれば、参勤交代の義務を負わない、特別な家柄という誇りとなってきた。

光圀の散策好きは、いつしか読売でおおげさに語られるようになっていた。

水戸の御老公さまは、お忍びで市中を散策、遠国《おんごく》を漫遊し、行く先々の悪党を懲らしめている……という物語がひとり歩きをし、光圀を副将軍と見なすようになったのである。

光圀自身、副将軍と尊称され、見なされることを誇り、楽しんでいた。

幕府にしても、読売が水戸家を批難しているわけではない以上、咎めはせず、水戸家の面子《めんつ》を立てて黙認していた。

二

助三郎は花隈をあとにした。

ひさしぶりの外出とあって、光圀は、もう少し滞在する、と助三郎を先に帰した。警固を申し出たが、藩邸から迎えが来るそうだ。どうも、助三郎が同席しては都合が悪いらしい。

さては気に入りの芸妓でも呼んでいるのか、と助三郎は勘ぐったが、松本の手前、黙っていた。

それにしても、探索ならば凄腕の忍びが水戸家にはいる。水戸家に仕えるカモメ組の女忍び、蜃気楼《しんきろう》お信《しん》である。もっとも、お信の存在を、光圀は知らないのだが。

日本橋に至ったところで、背後で足音がした。通りの両側に広がる町家は、眠りのなかにある。静寂のなか、たしかに大地を引きずるような音がした。油断はできない。

当節は、「生類憐《しょうるいあわれ》みの令《れい》」のおかげで野良犬、野良猫の姿はない。

闇のなかで、人の影が蠢《うごめ》いたような気がした。

日本橋の表通り、大店が軒を連ねている。冴えた月明かりを受け、屋根看板や屋根瓦が黒い影を往来に落としていた。

――背後の天水桶《てんすいおけ》か。

助三郎は狙いをつけた。足早に進み、横丁を右に折れる。同時に、背後を振り返った。

と、その直前、頭上に猛烈な殺気を感じ、咄嗟《とっさ》に往来を横転した。頭上を矢がかすめる。矢は商家の雨戸に突き刺さった。助三郎は横転を繰り返し、天水桶の陰に身をひそめた。矢が容赦なく襲いかかる。

天水桶、雨戸に、次々と刺さるところからして、相手は複数いるようだ。方向からして、おそらく向かいの店の屋根からだ、と見当をつけた。このままでは全身を針鼠《はりねずみ》のようにされ、絶命するしかない。

矢が途絶えたのを見はからい、助三郎は天水桶に飛び乗ると、そのまま軒を伝って屋根瓦にのぼった。

助三郎の身軽な動作は、国許常陸《ひたち》の海、鹿島灘《かしまなだ》でおこなった修練の賜物である。

助三郎は漁師たちと一緒に、網引き漁をしたり、荒波に小舟で漕ぎ出て武芸を鍛えた。荒波に揺れる小舟に立ち、重い樫《かし》の木の木刀を振るったのだ。

このために足腰が鍛えられ、跳躍力と敏捷な動きを身につけた。

なおも矢が射かけられるなか、助三郎は瓦を手に取り、道を隔《へだ》てている敵に向けて投げつけた。

相手は三人だ。真ん中の男に命中した。男は顔を押さえながら、屋根を転げ落ちた。思わず残るふたりが怯む。

その隙を逃さず、助三郎は宙を舞い、敵のいる店の屋根に着地する。ちょうどふたりの真ん中だ。ふたりはあわてながらも、矢を番《つが》える。

ひとりが矢を射かけた。

助三郎は、真上に跳躍した。矢は助三郎の下を飛び、背後の敵の胸に刺さった。

「うぐう」

男はうめきながら、屋根を転げ落ちた。残るひとりは、ふたたび矢を番える。

助三郎は、男の正面に立ちはだかった。ふたりの間は三間ほどしかない。この距離ならば、的を外すようなことはあるまい。

助三郎は腰を落とした。その落ち着き払った所作に、敵は戸惑った。しかしそれも束の間、矢を射かけるべく、弓弦《ゆづる》を引き絞った。

が、ここで呼子の音がした。日本橋という江戸を代表する町人地での騒ぎだ。

おそらく誰かが目撃したのだろう。

すばやく敵の男は屋根を飛びおりると、仲間たちを手助けして逃げだした。

誰の命令を受けたのかはわからないが、敵のこの襲撃が、今回の探索と関係しているのは間違いあるまい。敵が助三郎を仕留めることにしくじったとわかれば、遠からずふたたび襲撃をかけてくるだろう。

むしろ、襲撃をしてくれたほうがありがたい。雇い主の正体が突き止められるからだ。その雇い主こそが、大野忠義失脚を謀《はか》る者に違いない。

ふと、不安がこみあげた。

光圀は無事か。花隈に、光圀と松本は残っている。その帰途が心配である。

助三郎は、花隈に引き返そうとした。

すぐそばまで呼子の音が近づいてきたので、脇の商家の軒に身をひそめる。町奉行所の御用提灯をやりすごしてから往来に出ると、急いで花隈に向かった。

花隈の仲居に光圀の所在を聞くと、仲居は奥に入り、すぐに光圀が姿を現した。

「どうした」

助三郎の焦りとは裏腹に、光圀は酒で火照った赤ら顔を向けてくる。

助三郎は光圀の耳元で襲撃されたことを簡単に話し、光圀と松本の帰還が心配であることを言い添えた。光圀は目をしょぼつかせ、

「それがな、松本殿はすでにお帰りになられたのだ」

「いつですか」

「ほんの少し前だ」

「ならば、いまから追ってみます」

言ってから光圀のことも気になる。

「わしなら心配ない。まもなく藩邸から迎えが来る」

光圀は、まだ宴席を楽しむ様子である。

「その前に、贔屓《ひいき》の芸妓でも来るのでしょう」

助三郎が言うと、

「よけいなことを言うな」

光圀は顔をしかめた。

「ならば、失礼いたします」

助三郎は玄関を出た。

隈なく月光が照らすなか、ふたたび日本橋の表通りをゆく。一町ほど歩いたところで、駕籠が見えた。駕籠かきの先棒が持つ提灯は、花隈のものだ。間違いない、松本を乗せている。

警護の侍が前後にひとりずつ配置されている。このまま狙われないともかぎらない。助三郎は闇に身をひそませながら、あとを追った。夜風は肌寒くなり、襟首から忍び寄る。提灯の灯りが人魂《ひとだま》のようで、なんとも心細げな風情だ。

駕籠は神田川沿いを進んだ。昼間は菰掛《こもが》けの古着屋が建ち並び、たいそうな賑わいを見せるのだが、いまは店が閉じられ、ただの黒い塊《かたまり》でしかない。左手に広がる町屋も、もちろん雨戸が閉じられている。

土手の柳が夜風に揺れ、振りあおぐと月が煌々《こうこう》と照っている。やがて、左手の町屋が途切れ、関東郡代代官屋敷の長大な築地塀《ついじべい》を見ながら、駕籠はゆるゆると進む。屋敷を過ぎたあたりから、土手の上には夜鷹《よたか》が現れる。

助三郎は違和感を抱いた。

今晩にかぎって、その夜鷹の姿が見受けられない。雨でもないのに不思議なことだ。いや、不思議ではない。刺客の影をうかがわせるに十分である。

案の定、柳森稲荷《やなぎもりいなり》に至ったところで、駕籠の前に黒い影が現れた。影は全部で六人。駕籠かきが悲鳴をあげ、駕籠を往来におろした。影たちはご多分に漏れず、決まりきったような黒装束である。黒覆面に黒の小袖に裁着け袴、手には大刀を抜いていた。

そのなかでひとり、巨岩のような男がいる。六尺は優に越えているだろう。ほかの者たちが大刀を手にしているのに、ひとり長大な棍棒《こんぼう》を武器としている。まるで弁慶《べんけい》だ。

警護の侍が、

「狼藉者」

と、抜刀した。月明かりを受け、抜き身は鈍い煌《かがや》きを放った。巨人が棍棒を一閃《いっせん》させた。侍の刀は真ん中あたりで、真っぷたつに折れた。巨人が五名に顎をしゃくった。

五人は駕籠を取り囲んだ。駕籠かきは両手を合わせ許しを請《こ》う。

すかさず助三郎は抜刀し、飛びだした。六人の刺客の視線が、助三郎に向けられる。ふたりが同時に斬りかかってきた。助三郎が峰を返して胴を払うと、ふたりはその場に横転した。その間、巨人は駕籠めがけて突進した。

助三郎が駆けつける前に、巨人の棍棒が、

「大野の犬め！」

叫び声と同時に、駕籠に振りおろされた。

――しまった。

間に合わなかったか、と痛恨の思いが胸をつく。駕籠は巨岩に押し潰《つぶ》されたかのようにへしゃげた。石榴《ざくろ》のように血に染まった松本の亡骸《なきがら》が脳裏を過ぎった。

が、次の瞬間に聞かれたのは、巨人の悔しげな声だった。

「うう」

言葉にならない悲鳴だ。駕籠を見ると、松本の姿はない。

さては、駕籠は囮《おとり》であったか。

巨人は悔しさのあまり、へしゃげた駕籠の先棒を両手でつかむと、駕籠を頭上でぐるぐると回転させた。そのまま、助三郎の前に出る。巨人のまわりを、侍が固めた。

巨人は松本に謀《はか》られた怒りをぶつけるかのように、助三郎に向かってきた。駕籠をぶつけて、助三郎の身体を砕くつもりかもしれない。

「いざ！」

助三郎は抜刀して斬りかかった。

だが、巨人は身体に似合わず、敏捷だった。駕籠を投げつけて目くらましにすると、すばやく逃走した。同時に、他の敵も走りさっていく。

夜陰に消えた巨人……。

まるで夢の中の出来事のようだった。

三

助三郎は小石川《こいしかわ》にある水戸徳川家上屋敷に戻った。三十万坪もの広大な敷地の一角に設けられた彰考館を目指す。

「彰考往来、すなわち、往きたるを彰《あきらか》にし、来たるを考えるという意味である」

彰考館の設立者、徳川光圀の言葉である。古代中国の儒学者孔子《こうし》の著作、「春秋」を解説した、「春秋左氏伝《しゆんじゆうさしでん》」の序文、「彰往考来」に由来する。

光圀は水戸家をあげた大事業、「大日本史」編纂のために史局を造り、彰考館と名付けた。

門戸には光圀が、「彰考館」と書き記した扁額《へんがく》が飾られていた。

見る者をして厳かな気持ちにさせる雄渾《ゆうこん》な筆使いからは、とても芸妓の色香に惑って料理屋に長居をする年寄りは想像できない。

彰考館には、四十人ほどの館員が出仕している。館員たちをまとめる総裁を務めるのは、安積格之進《あづみかくのしん》だ。


安積格之進の部屋を訪ねた。

裃《かみしも》に威儀を正した格之進は、三十九歳の働き盛り。

光圀から彰考館の総裁を任されているように、真面目一方の男だ。彰考館のみならず水戸家中においても堅物で通っており、そんな人柄を表すような四角い顔であることから、格之進の「格」に四角の「角」を重ねられ、「四角殿」とあだ名をつけられている。

近頃では俳諧にどっぷりと首まで浸かり、現にいまも、今夜の月を俳諧にしようというのだろう。短冊と筆を持ち、虚空を睨みながら、何事か念仏のようなものを唱えている。

「四角殿」

助三郎が声をかけると、格之進の背筋はぴくんとなり、

「できた。名月を愛でて不意の訪問者」

と、笑顔で振り返った。

「すっかり俳諧づいておられますな」

助三郎は縁側に腰かけた。

「いや、まだまだ上手い句ができぬ」

格之進は眉間《みけん》に皺を刻んだ。四角い顔が際立った。

「わたしは、俳諧のことはさっぱりわかりませぬが、四角殿がこれだけのめりこんでいるのを見ると、羨ましくもなります」

「ならば、そなたもやってはどうだ」

「わたしは、そんな柄ではないですよ」

「柄でやるものではないがな」

「ですが、向き不向きということはあります。たとえば、月を眺めながらじっとしていることなど、わたしにはできませぬ」

「じっとしている必要などない。詠みたいものを感ずればよいのだ」

「それが……なにも感じないですね」

助三郎は首を小さく横に振った。なおも格之進は俳諧の魅力を語ろうとしたが、助三郎にはとうてい理解できないと諦めたようで、話題を変えた。

「ところで、何用だ」

と、周囲に誰もいないのに声をひそめた。

「それが……御老公から、御老中・大野忠義さまの醜聞に関して探索せよと命じられたのです。ついては、蜃気楼お信さんに手助けを願えないかと思いまして」

助三郎は、光圀から渡された大野忠義を貶《おとし》める怪文書を見せた。格之進は行灯《あんどん》を引き寄せ、文書を読んだ。たちまち、顔をしかめる。

「その怪文書の出所を探れということです」

「なるほど」

「目下、怪しいのは、大野さまと三方領知替えとなる、井村備前守さま、小川伊賀守さま、と狙いをつけております」

光圀との面談の様子、帰途、自分と松本が襲撃されたことを語った。

「物騒なことだな……では、井村家はわたしに任せろ」

意外にも格之進は、みずから探索を買って出た。

「と言うと……」

「近々、藩邸に招かれておるのだ。藩主備前守さまの無聊《ぶりょう》を慰める句会が催されるらしい」

彰考館総裁である格之進は、他藩との付き合いが広い。大日本史編纂のために、さまざまな大名家の書庫にある史料を借りることがあるし、大名家へも彰考館の書籍貸出をおこなっている。また、彰考館は門戸を広げており、他藩からの優秀な人材を館員として受け入れてもいる。

「では、井村家は四角殿にお任せします」

幾分か気が楽になったところで、

「井村藩邸に入ったら、怪文書のことを探るのはもちろんですが、松本さまを襲撃した巨人のような男がいるか目を配ってください」

「そのような大男となれば、嫌でも目につくな」

「では、わたしは、小川伊賀守さまの屋敷を探るとします。わたしは俳諧などできぬから、夜陰にまぎれて忍ぶとしましょうか」

「ならば、お信に助勢させよう。いや、藩邸に潜入など、助さんの手にある。お信にやってもらったほうがよい。餅《もち》は餅屋だ」

格之進が快く引き受けてくれ、ますます気が楽になった。

カモメ組きっての凄腕、蜃気楼お信ならば、よもや手抜かりはあるまい。

四

明くる日の晩、蜃気楼お信は小川家上屋敷に潜入した。お信は十八歳、小柄で幼さが残る面差しを黒覆面に隠し、身を黒の忍者装束に包んでいる。敏捷な動きと相まって、可憐な娘と見破る者はいないだろう。

小川家上屋敷は外桜田にあり、皮肉なことに大野駿河守忠義の屋敷と向かいあっていた。

築地塀にのぼり、松の枝を伝って庭におりたった。警護の侍の提灯の灯りが、ぼんやりと滲《にじ》んで見える。石灯籠《いしどうろう》の陰に身をひそめた。御殿に近づき、縁の下に身を入れる。ゆっくりと芋虫のように進む。

冷んやりとした空気が流れ、湿った土の上を、蜘蛛《くも》の巣を掃《はら》いながら前進する。

暗黒のなか、人の声が聞こえた。どうやら酒を酌み交わしているようだ。

「殿、大野駿河守をめぐる怪文書……いい気なものですな」

「ふん」

と、鼻で笑ったのは藩主の小川元清だろう。まだ二十二歳の青年大名だけに、声は若い。

「この怪文書が仇《あだ》となって、大野の老中失脚、さらには領知替えが中止されればよろしいのですが……」

「向井《むかい》、それはいささか都合がよすぎるのではないのか」

「そうでしょうか。ですが、よもやということがございます」

向井と呼ばれた男は返した。

「余はもはや、覚悟を決めたぞ」

「殿、しかし当家の台所事情が苦しいのは、よくご存じのはず」

「あたりまえだ。この膳を見よ。めっきりと料理の質が落ちておる。鯛の焼き物など、ついぞ見たことがない。豆に香の物に、それに魚といえばめざしじゃ。これが、大名の膳と申せるか。物見高い江戸の町人どもに知られたら笑い者じゃ。酒も三合までと決められておる」

「お言葉ですが、殿から範を示さねば、下々の者は動きませんぞ」

「わかっておる。わかっておるゆえ、このようにまずい料理で我慢をしておるのではないか」

元清は不満を押し包むかのように、大きな声で笑った。

「御意にございます」

「ところで、領内の商人ども、借財に応じたのか。せめて、引越しの費用などを工面したいものだが」

「それが、国許の勘定奉行から寄越す返事は、はかばかしくございません」

「商人どもも、しわいのう」

元清は諦めたかのように、乾いた声音になった。

「いま少し、働きかけてみます」

「領内での借財も頭が痛いことだが……大野め、領知の一部を御公儀に献上するそうじゃぞ」

「まことですか」

「城中でもっぱらの評判よ」

「きっと、怪文書が流れた結果、それを封じこめるため、公方さまに胡麻《ごま》をすっておるのでしょう」

「そうであろうな。まこと、目端の利く男じゃ。抜け目がないわ」

「公方さまの覚えめでたい柳沢出羽守《やなぎさわでわのかみ》さまとも、懇意にしておられるとか。柳沢さまと幕政を握ろうとなさっておられますぞ」

「そういうことじゃ。だから、ここは下手に大野の邪魔立てをせぬがよい」

「安易に、怪文書に便乗せぬほうがよいと……」

「迂闊に動くな」

「しかし、怪文書がもとで、大野さまが失脚をなさったらどうなります」

「そのときはそのときだ。いまは敵視されるような振る舞いは慎まねばな」

「御意にございます」

「それにしても、この料理、なんとかならんかのう」

すぐに元清の関心は、酒肴《しゅこう》に向けられた。

「よいことがございます」

向井は弾んだ声を出した。

「どうした」

「上野の名産は、水沢観音の門前町のうどんだそうです。それはもう、腰があるうえに艶やかだそうで」

「おお、そうだった、そうだった」

元清の機嫌も直った。

「幸い、うどんならば値の心配はいりませぬ。思うさま、食せましょう。しかも、領内の名産ならば、殿が進んで食することに、誰も不満は持ちますまい」

「それは楽しみな。漬物ばかりでは、酒を飲む張りあいがない」

「いっそ、上野榛名に転封になったほうがよろしゅうございますな」

「そうかもしれん」

主従は笑い声をあげた。

のどかなものだった。怪文書の出所は、小川家ではないようだ。

お信は気配を消し、慎重な所作で床下を這うと、御殿を抜け出た。屋敷内の警護もたるんでいた。警護の者たちは無駄口やあくびを漏らしながら、緊張感のかけらもなく巡回をしている。

ひょっとして、助三郎が遭遇した巨人がいるのではないかと危惧したが、屋敷内には見受けられなかった。

いくら巨人といっても、寝静まった広い藩邸中で探しだせるものではない。

それなら、いっそのこと、日があるうちに堂々と確かめよう。

翌日の朝五つ半（午前九時）、お信は半纏《はんてん》に腹掛けという棒手振りの格好をして、ふたたび小川屋敷にやってきた。髪は洗ったときのようにさげたまま、いわゆる洗い髪だ。

裏門の潜り戸を叩くと、門番がきつい目を向けながら、

「出入りの魚売りは決まっておるが……おまえ、女だな」

と、女の棒手振りに興味を抱いた。

風になびく洗い髪、むきだしとなった太股をちらりと見て、門番の目尻がさがった。

「いい秋刀魚《さんま》がありますんで、ぜひみなさんで食べていただきたいと思いましてね」

男の言葉遣いで語りかけ、お信は盤台《ばんだい》を見せた。秋刀魚の鱗《うろこ》が銀色に輝いている。門番は、それにも吸い寄せられたようだ。

すると台所役人がやってきた。

役人は、初老のいかにも生真面目そうな男だった。門番のように色香に惑わされそうにはない。それどころか、

「女だてらに魚売りとは怪しい奴」

と、お信に疑念の目を向けた。

「女は魚を売っちゃあいけないって御法度はないでしょう」

動じずにお信は言い返した。

「当家には、出入りの魚問屋がおるのだ。当家にかぎらず、藩邸には出入りの魚問屋があるものだ。そんなのは、わかりきったことではないか。それがいきなり、当家に魚を売りにくる。しかも、棒手振り風情が、大名屋敷に出入りがかなうわけなかろう。いったい、どういう魂胆《こんたん》なのだ」

役人は疑念と警戒心を解こうとしない。

「それは……」

お信はうつむいた。

「なんだ、怪しい奴め」

相手は、たたみこんでくる。お信はきっと顔をあげ、

「正直に申しましょう。じつは仕返しをしてやりたいんですよ」

「仕返し……穏やかではないな。当家に遺恨があると申すか」

「あたしの兄や魚河岸《うおがし》仲間と、小川さまのご家来衆とが喧嘩になりましてね。こっぴどくやられたんです。兄は怪我で寝こんでいるんで、あたしが魚売りをしているんですが、魚を売っているだけじゃ納得できませんでね。それで、そのお侍に仕返ししてやりたくて、小川さまの藩邸に探しにきたってわけですよ」

悔しさを滲ませるように、お信は唇を嚙んだ。

役人はお信の話を疑わしそうに、

「ほう。で、そなたの兄といさかいを起こした当家の者の名は……」

と、問いかけた。

「それが、名前はわからないんで」

「名がわからんでは確かめようがないな」

役人が鼻で笑うと、

「雲をつくような大男だって、兄は言っていたんですがね。兄は喧嘩自慢なんですが、とても歯が立たなかった、なにしろ、七尺くらいあるような大きな男だったって……」

「七尺の大男……」

役人は首を傾げた。

「ええ、なんでも、でっかい棍棒を振りまわして、一遍に四、五人が吹っ飛ばされたって話でしたよ。それはものすごい力の持ち主だったようで。まるで弁慶のようだって……。そんなお侍、小川さまのご家来におられませんかね」

「う〜ん」

役人はますます首を傾げるばかりだ。やがて、

「そのような者、当家にはおらぬ……たしかに当家を名乗ったのだな」

「いや、それが、その……」

お信はわざと、しどろもどろになった。どうやら小川藩邸にはいないようだ。それさえわかれば、長居は無用である。

「間違いではないのか」

「どうも、そのようで。なにせ喧嘩した連中は、そろいもそろって、そそっかしい連中ですんでね」

申しわけなさそうに頭を掻き、それから、

「とんだ失礼を申しました。これ、よろしかったら、みなさんでお召しあがりください」

と、盤台の秋刀魚を指差した。

「そうか、すまんな」

役人は初めて笑顔を見せた。台所棟に向かって、盥《たらい》を持ってくるよう怒鳴る。

女中たちが盥を運んでくると、お信が盤台から秋刀魚を移した。

小川家は白のようだった。

その日の夕暮れ、お信が助三郎の書斎を訪れると、

「ご苦労だったな。これ、よかったら」

助三郎は竹の皮に包んだ桜餅を見せた。お信は、あとでいただきます、と言ってから小川藩邸探索について報告した。

「そうか、小川家は白か……巨人もおらぬのだな」

助三郎はお信に感謝するとともに、あらためてお信の探索能力に舌を巻いた。

お信と入れ替わるようにして、格之進も姿を見せた。

「井村備前守さまは意気消沈といったありさまで、酒浸りの日々を送っておられるようじゃ」

「酒浸りになりたいのは、家臣たちのほうでありましょうに」

「まったくだ。備前守さまも家臣たちも、これ以上、御公儀に睨まれないようにしなければならないと、それはもう戦々恐々といったありさまであったな。わしに、御老公への付け届けを頼む始末であった。おそらくわしを句会に呼んだのも、御老公に近づきたいためであろう」

格之進の口ぶりには、自分の俳諧が評価されなかった不満が滲んでいた。

「それで、怪文書について話題を振ってみたのだ」

「ほう……」

「備前守さまは、あの怪文書のおかげで、かえって迷惑なさっておられるようであったな。つまり、あの怪文書は井村家が出所なのではないのか、とお城で疑念の目を向けられておるとか。あらぬ濡れ衣をかけられ、転封どころか改易に追いこまれるかもしれぬ、と、それはもう、恐れることしきりであった。酒に酔って百姓女などに手を出さなければよかった、とおのれの悪行をしきりと後悔しておられた。まあ、自業自得と言えようがな」

そのときの様子が思い浮かんだのか、格之進はおかしそうに笑い声をあげた。

「ならば、井村家も白と考えてよいのですね」

「いまの井村家は、己が御家を守ることに戦々恐々としておる。とても、大野駿河守さま失脚の企てなど、めぐらすゆとりはないな」

格之進は断じた。

「すると、井村でも小川でもないことになる。いったい、誰の仕業なのでしょうか」

助三郎は腕組みをした。格之進がなにか思いだしたように手を打ち、

「ああ、それから、例の巨人だが」

聞かなくてもわかっていた。案の定、格之進は、それらしき男が井村家には存在しないことを言い添えた。

――では、いったいあの連中は何者なのだ。

解かれぬ問題が胸に横たわった。

五

助三郎は魚売りの扮装で、神田の花隈にやってきた。お信から聞いて、棒手振りは動きが自由で探索向きだと真似ることにしたのだ。

棒手振りに成りきるため、玄関ではなく裏口から入り、光圀に面談を求めた。奥座敷に通され、桜餅と黒蜜の乗った葛《くず》きりを出された。濃い目の茶には、口あたりがよい。

やがて、光圀がやってきた。松本も一緒である。女中が、ふたりの前にも茶と菓子を置く。光圀は桜餅を、美味そうに頬張った。松本は難しい顔をして、茶に

も菓子にも一瞥もくれない。

光圀が桜餅を食べている横で、先に松本が口を開いた。

「先夜は気を使わせたようだな」

助三郎は威儀を正し、

「囮の駕籠を仕立てるとは、さすがは松本さまと感服いたしました」

松本は特別に誇ることもなく、

「用心に越したことはないからな」

光圀は桜餅でいっぱいになった口を大きく開け、

「探索はどうじゃった」

助三郎は一礼してから、

「結論から申します。井村家も小川家も、怪文書の出所ではございません」

まずは結論から報告し、格之進による井村家の探索、そして助三郎による小川藩邸への潜入を告げ、井村、小川両家に松本を襲撃した巨人がいなかったことを言い添えた。お信の存在は、本人の希望により秘せられている。

光圀は菓子を食べながら、松本は目を閉じたまま聞き終えた。

「ご苦労」

光圀は言ってから松本に向いた。松本は目を開け、

「なるほど、両家ではないようですな」

と、納得するようにうなずいた。助三郎は光圀を向き、指示を待った。光圀は指に付着したあんこを舐めながら、

「これは、いよいよじゃのう」

思わせぶりな言葉を、松本に投げかけた。松本は渋柿でも食べたような苦い顔をしながら、

「そうでござりますな」

と、腕を組んだ。

「見当がついておられるのですか」

狸親父同士の会話は、なんとも気持ちが焦れる。光圀は茶を飲み干し、

「妙行寺《みょうぎょうじ》だ」

その言葉に、松本は皮肉な薄笑いを漏らした。

「妙行寺……」

きょとんとする助三郎に、光圀は下卑《げび》た笑いを浮かべた。

「大奥の女中どもが参詣に事寄せて、若僧と逢瀬を重ねておる密会の寺。ときに

は歌舞伎役者などを呼び、破廉恥な行為をしておるのだ」

「まったく、乱れきっておる。わが殿は、老中就任を期に、妙行寺を破却《はきゃく》に追いこもうとしておられるのだ」

苦々しげに、松本が言い添える。

「すると、怪文書を撒いたのは妙行寺……目的は、大野さまの妙行寺弾劾《だんがい》を阻《はば》むため、ということですか」

「十分に考えられるな」

光圀はそう答えてから、

「妙行寺の住職は月法《げっほう》と申して、御台所さまとも親交厚い。よって、これまでの寺社奉行や老中は、見て見ぬふりをしてきたというのが実情だな」

「わが殿は、そんな歴代寺社奉行方の事なかれ主義を嫌い、自分が一新するのだと大変な意気込みを持っておられるのです」

主君の正義に賛同するかのように、松本は言いきった。

「となると」

光圀が目を向けてきた。

「さっそく、妙行寺を探索いたします」

助三郎は頭をさげた。

「うむ、そうせい……だがな、単に探索をして、妙行寺が怪文書の出所であることを突き止めるだけでは駄目じゃ。妙行寺を弾劾に足る証《あかし》を手に入れてまいれ」

「承知いたしました」

頭をさげたまま、助三郎は応じた。

あたかも、小僧のお使いのような気軽さで命令するが、けっして容易な役目ではあるまい。

こうして光圀の身勝手さに振りまわされながらも、最近の助三郎は、心のどこかで探索のおもしろみも感じていた。

そんな助三郎の思惑をよそに、光圀は助三郎の桜餅にまで手を伸ばしてきた。

助三郎はそれをちらりと見て、

「近頃、消渇病《しょうかちびょう》に悩むお年寄りが多いそうですぞ。決まって、饅頭《まんじゅう》、大福など甘い物に目がないとか」

光圀は嫌な顔をしたが、結局、桜餅に伸ばした手を引っこめた。消渇病とは、いわゆる糖尿病のことである。多飲、多色、小便頻度が多い「三多」、もしくは「三消」とも呼ばれる。また、体重減少も見られることから、「三多一少」とも称された。

「ご隠居は節制されておられますから、大丈夫です……が」

言葉を止め、助三郎はまじまじと光圀を見た。

「なんじゃ」

顔をしかめ、光圀は問い返す。

「ああ、いえ、その……少しお痩せになったかな、と思いましたが……あ、いや、気のせいでしょう。では、これにて」

助三郎は一礼すると腰をあげた。

助三郎が出ていってから、光圀は桜餅を手に取ろうとしたが、

「ひとこと多いのじゃ」

と、舌打ちをして桜餅は食べず、頬に手をやり、

「痩せたかのう……」

と、「三多一消」を気にしだした。

明くる日、助三郎は妙行寺にやってきた。

妙行寺は谷中《やなか》にあり、谷中七福神のひとつ、天王寺《てんのうじ》の裏手に位置している。大

奥の女中が参詣に訪れるだけあって、広い境内に七堂伽藍《がらん》を備えた立派な寺だ。このあたりでは寒菊寺の異名を取るように、冬になると境内の植えこみに寒菊が美しい花を咲かせるという。

もちろん寒菊ばかりか、秋が深まるにつれ、菊の美しさは参詣に訪れる者たちの視線を集めた。

菊目あてに境内を訪れる参詣客のなか、助三郎はそれとなく本堂に向かう。境内では、小坊主が箒《ほうき》を使っていた。秋うららかな昼さがりである。まったくもって、平穏そのものだった。

ふと、気になった。

あの巨人は、まるで弁慶のようだった……ということは、僧兵ではないのか。いや、源平や戦国の昔でもあるまいに、いまの世に僧兵などは存在しない。だが僧兵ではないにしても、僧籍にあるものではないのか。

小坊主に近づき、

「ちょっと、お聞きしたんだがね」

額に巻いた豆絞りの手拭《てぬぐい》を、右手に持った。小坊主は魚売りから話しかけられ、怪訝《けげん》な表情を浮かべながらも、

「なんでございましょう」

「この寺に、大きな背丈のお坊さま……そう、弁慶のようなお坊さまがおられると聞いたんだよ」

気さくな調子で問いかけると、

「岩鬼《いわき》さまだ」

小坊主は笑みを浮かべた。

「岩鬼さま……ほう、いかにも容貌どおりのお名前だ」

くわしく聞くと、岩鬼はもともと相撲《すもう》取りだったという。それが、雇い主の大名家が五年前に改易となり、廃業した。食いつめてこの寺にやってきたのを、月法が拾い、以後、仏道に入ったのだという。

なにしろ腕っ節が強く、大名家に雇われていたころに槍術《そうじゅつ》も会得していたことから、月法の護衛を務めるようになったらしい。

――間違いない。

あの晩の巨人だ。

助三郎が礼を言ったところで、山門が騒がしくなった。小坊主たちが、いっせいに頭をさげる。

山門前に駕籠がつけられた。それとなく様子をうかがうと、駕籠の前に巨大な僧侶が立っている。

今日は墨染《すみぞ》めの衣に身を包んでいるが、あの晩に遭遇した巨人であることはあきらかだった。

駕籠から、煌《きら》びやかな錦《にしき》の衣を身につけた僧侶が現れた。果たして、小坊主に確かめると、月法とわかった。

月法は初老に差しかかった、穏やかな面差しの僧侶だ。無数の皺が刻まれた面差しは、目鼻立ちがはっきりとし、若いころは男前であったことがうかがえる。

脇に従える若い僧侶たちも、役者と見まがうばかりの美男ぞろいだ。

そのなかにあって、ひとり岩鬼だけが異形である。それだけに、不気味な存在感を示していた。

「お帰りなされませ」

小坊主たちの挨拶を受け、月法はゆっくりと境内を歩いていく。

山門前には、若い娘たちが群がっていた。みな、夢見るような眼差しで、黄色い声をあげている。どうやら、月法が従えている若い僧侶たち目あてのようだ。

光圀の言葉が思いだされる。

大奥の女中たちが夢中になるのもわかる。

と、

「あれ……」

嬌声をあげている娘のなかに、お信を見つけた。娘たちは、僧侶が境内に姿を消すまで名残惜しそうにたたずんでいたが、姿が見えなくなると、三々五々歩き去った。

助三郎はお信に近づき、

「お信さん」

と、その耳元でささやいた。

「あらま、助三郎さま。今日はまた、鯔背《いなせ》なこと」

お信は、紺地に絣《かすり》を描いた小袖、紅色の帯を締め、悪戯っぽい笑みを投げかけてきた。勝山髷《かつやままげ》に結った髪には、銀の花簪《はなかんざし》を挿している。

お信がいるということは、この寺を探索しているに違いない。

果たして、

「安積さまに探索を命じられたのです」

格之進は光圀から妙行寺の一件を聞き、お信に助三郎を手助けするよう命じたのだった。

お信はくるりと背を向け、歩いていく。柳腰が微妙に揺れ、誘っているようだ。追いかけたが、お信は振り返ることもなく門前町を行く。

このあたりは、料理屋や茶屋、さらには岡場所が軒を連ねる。日が落ちれば、賑わいを見せる。お信は横丁に入った。

助三郎も釣りこまれるように続く。お信は縄暖簾《なわのれん》に身を入れ、助三郎も入った。入れこみの座敷には、助三郎と同様の格好をした半纏、股引を身につけた男が、数人で猪口《ちょこ》を傾けていた。

お信に男たちの視線が集まった。お信は、なかなかに艶っぽい女だ。男たちの関心が集まるのも当然だろう。

お信は男たちの視線を悠然と受け流し、酒と肴《さかな》を注文した。

「昼の日中、おまけに探索中だ」

助三郎は言ったが、

「あら、助三郎さま。意外と真面目なんですね」

少しならかまいませんよ、とお信は徳利を受け取り、

「どうぞ」

と、お酌をしてきた。

「だから、役目中だ」

首を横に振る助三郎に、

「一杯だけ、付き合ってくださいな。男を目の前に、女がひとりで猪口を傾けるなんて、はしたなくていけません」

お信は下から顔をのぞきこんできた。しかたなく猪口を取りあげる。

「さあ、どうぞ」

小袖の袖口から、二の腕がのぞいた。ほどよく肉がつき、妙に艶《なま》めかしい。助三郎は猪口に満たされた酒をしばし見ていたが、思いきったように飲み干した。思わず、眉根がせまくなる。

昼間の酒はきく。

「助三郎さま、もうお酔いになったのですか」

猪口一杯でぼっとなっている助三郎にくらべ、お信はあっという間に銚子を一本空けたにもかかわらず、泰然としている。

それが、自分とお信の探索の力量差となっているかのようにさえ思えてきた。

「腹が減った」

「それは気がつきませんで」

お信は、握り飯とめざしを頼んだ。

「お信さん、あの寺に入りこむ気か」

「ええ、お坊さま方は、いい男ばかりですからね」

言ってから、けたけたと笑った。つかみどころのない女である。

「言うもんだな」

「助三郎さま、もう少し飲んでくださいな」

お信は銚子を向けてくる。

「いや、これ以上飲んだら、平生をたもっていられなくなる」

「おや、助三郎さまが平生でいられなくなったら、どうなるのかしら」

お信は含み笑いを漏らした。

「寝てしまうさ」

そこへ、握り飯が運ばれてきた。真っ白で湯気が立つ握り飯に、食欲をそそられた。味も塩気が利き、じつに美味かった。

「さて、ご馳走さまでした」

お信は腰をあげた。

自分から誘っておいて、勘定はこっちにまわすのか。顔に似合わずしたたかな女だなと、助三郎は巾着《きんちゃく》を出し、銭を払った。

暖簾を出たところで、

「妙行寺を探るのか」

と、問いかけたが、お信は無言で歩く。いっさい返事をしない、つっけんどんとした態度だ。これから探索をするというのか。探索に入るために、気持ちを集中させているのか。

「待ってくれ」

声を高めたが、お信は足を速めるばかりだ。こうなると、追いかけたくなる。

お信は意地を張っているように、小走りになった。助三郎も走った。

お信は速度をゆるめない。

「おい」

つい、言葉を荒らげてしまった。追いつこうとするが、酔いがまわったようだ。

おまけに、いま食べた握り飯が腹にもたれ、横っ腹が痛くなってきた。

お信は雑踏のなかを縫うように走る。

こちらも意地になった。日が落ち、軒行灯の灯りが目に妖しく映る。

と、

「助けて！」

女の絶叫がした。酔っ払いが女と揉めているのかと思ったが、その声のもとがお信であることがわかった。どうしたのだと戸惑っていると、

「助けて」

さらに声をあげ、お信はまっしぐらに妙行寺に向かって飛ぶように走り、脇目も振らずに山門をくぐった。

「いったい、どうしたのだ」

つぶやきながら、助三郎も山門を通過した。お信は境内を横切り、庫裏《くり》に向かった。

「助けてください」

お信の叫びに玄関の格子戸が開き、坊主が数人ほど現れた。お信は坊主たちのなかに身を躍らせ、

「お助けください。悪い男に追われております」

その声は切迫したものだった。呆然とたたずむ助三郎に、

「帰れ！」

と、坊主のひとりが怒声を浴びせた。

お信は坊主たちに抱かれるようにしながら、庫裏に入っていった。

——やられた。

お信に利用されたのだと気がついた。まったく、食えない女だ。いや、自分が未熟なのだろう。いいように手玉に取られた悔しさで、身体が震えた。

ここで、お信の不実を訴えるわけにはいかない。見事、お信は妙行寺の内部に入りこむことに成功したのだ。

「どうした」

低いくぐもった声がした。大きな黒い影が玄関から現れた。

——いかん。

岩鬼だ。顔を見られてはまずい。助三郎は咄嗟に踵《きびす》を返し、境内を横切った。

「馬鹿な男だ」

岩鬼の笑いが耳をついた。

このまま帰るわけにはいかない。

「よし」

こうなったら、お信の働きを見届けてやろう。岩鬼と対決することになったら、お信はいつか見た忍びの術を使うに違いない。一種の催眠である。相手に自分の蜃気楼を見させて、幻惑させるのだ。

妙行寺の裏門にまわると、闇がめっきりと濃くなっていた。

助三郎は築地塀に飛びあがり、裏庭におりたった。庫裏の屋根にのぼり、天井裏に忍んだ。息を殺して天井裏を這いまわり、お信の声を拾った。

節穴からのぞく。

行灯の灯りに、お信が浮かんでいる。茶を出され、きちんと正座していた。

そこへ、若い僧侶が入ってきた。

「早海《そうかい》さま……」

お信の声には恋情が感じられた。

早海は、歌舞伎の女形を思わせるような男前である。ふと、こういう男がお信の趣味なのか、とよけいなことを考えてしまった。お信は、この早海という僧侶を見知っている。つまり、狙いを定め、あらかじめ接触していたに違いない。

「お信さん」

早海の声は、絹のような滑らかさだった。

「ご迷惑をおかけします」

お信はしおらしい態度だ。

「なんの、怖かったでありましょう。もう、大丈夫ですぞ。この寺にかくまったからには、その男には指一本触れさせません。懲らしめてやります。いったい、何者ですか」

お信は目を潤ませ、

「なりは魚売りですが、そのじつは、やくざ者なのです」

「なんとも性質《たち》が悪いですな」

「そうなのです」

お信は早海にしなだれかかった。

六

「お信さん……」

「お信と呼んでください」

「わたしがお守りいたす」

「嬉しい」

お信は早海の胸に顔を埋めていたが、はっとしたように顔を離し、

「いけませんわ」

と、態度とは裏腹の誘うような声を漏らした。

「気にすることはない」

「でも、ほかのお坊さま方に知られたら……」

早海は皮肉に唇を歪め、

「みな、しておるのですよ」

「まあ」

お信は大きく目を見開いた。

「いや、これは大きな声では申すことではないが」

口が滑ったことを悔いるように、早海は横を向いた。

「そうだ。酒……いや、般若湯《はんにゃとう》を運ばせましょう」

早海は小坊主を呼び、支度をさせた。

やがて酒が運ばれてくると、お信は懐中から横笛を取りだした。早海が、おやっとした顔をすると、お信はぷっくりとした唇に笛をあて、なんとも妖艶な笛の音を奏でた。

早海の目尻が垂れさがった。

「早海さま、わたしを守ってくださり、ありがとうございます」

「なんの」

早海の声音が虚ろになる。

「わたし、少し心配なことがあるのです」

「なんだ」

「このお寺に、たいそう怖い文書があると」

「それは」

「御老中の大野駿河守さまを揶揄《やゆ》する文書ですわ」

「ああ、あれか、いかにもあるぞ」

早海はにっこり微笑んだ。

「早海さまはご存じなんですか」

「あれは、わたしが書いておる」

「まあ、怖い」

「怖くはないさ」

「どこにあるの」

「ほれ、そこだ」

早海は、片隅にある文机の上の書箱に視線を向けた。

「見たいわ」

お信の声に、ときおり流れる笛の音が重なり、濃密な空気を醸しだした。

「よし」

文机から早海が書付を持ってくると、

「すてき」

お信はつぶやいて書付を懐に仕舞い、ひときわ甲高く笛を奏でた。早海が、はっとしたように目をしばたたかせる。

「なんだか夢を見ておったような。酒のせいか」

早海は首を横に振った。そのとき、障子に大きな黒い影が映った……と思ったら障子が開けられ、岩鬼が入ってきた。

岩鬼はものすごい形相で、

「とうとう尻尾《しっぽ》を出したな、大野の犬め」

と、叫んだ。

お信はすばやく立ちあがると、岩鬼の横をすり抜けようとした。

が、岩鬼の平手打ちを食らって畳にもんどりうった。

このままでは、お信の身が危ない。いかにお信でも、武器ひとつ持たない女の力で岩鬼に勝てるはずはない。

蜃気楼の秘術を使う間もないだろう。

助三郎は天井の羽目板を外し、部屋におりたった。

突如現れた魚売りに、岩鬼は戸惑いの目をしたが、

「貴様、この前の晩の男だな」

助三郎に気がつくと、同時に棍棒で襲ってくる。助三郎は身を屈めた。頭上を棍棒がかすめ、襖がぶっ飛んだ。

岩鬼は左手で、助三郎の襟首をつかんだ。首が絞まる。そのまま持ちあげられ、天井に押しつけられた。次いで、軽々と投げ飛ばされる。

助三郎の身体は障子にぶちあたり、障子ごと縁側から庭先に転げ落ちた。

そのときには、お信も立ちあがり、部屋から飛びだしていた。

助三郎には一瞥もくれずに庭を横切ると、築地塀に取りつき、そのまま乗り越えて闇に消えた。

騒ぎを聞きつけ、足音が近づいてくる。助三郎は石灯籠によりかかりながら、

やっとのことで立ちあがった。

そこへ、岩鬼の棍棒が襲ってきた。

助三郎はかろうじてかわし、棍棒は石灯籠を粉々にした。

「おまえらもやれ！」

岩鬼が叫ぶ。

駆けつけたのは、浪人風だった。松本を襲った男たちに違いない。助三郎は魚売りの扮装のままである。大小は持っていない。素手で白刃《はくじん》を振りかざす相手をしなければならない。

が、不思議と恐怖心はなかった。

すると敵は、助三郎の脇を素通りして築地塀へと向かった。なにかに引き寄せられるような動きは、まさしくお信の術にかけられたようだ。

茫然と築地塀を見あげる敵から、助三郎はすばやく大刀を奪った。

築地塀を見あげる敵の目尻はさがっている。

助三郎にはわからないが、彼らは築地塀の上で横笛を吹いているお信に見惚れているのだ。彼らには、お信の姿ばかりか、艶のある笛の音も聞こえているようだった。

「へへへ」

岩鬼が、不気味な声を漏らしながら近づいてくる。

すかさず、助三郎は跳躍した。松の枝にぶらさがり、頭上から岩鬼に襲いかかる。岩鬼の棍棒と、助三郎の大刀がぶつかりあった。助三郎は、岩鬼の背後におりたつ。

「とう！」

渾身《こんしん》の力をこめて、大刀を斬りおろした。

岩鬼も棍棒を振るった。

そこへ、数人の侍が駆けつけた。

「鹿島新當《しんとう》佐々野流、鹿島灘渡り！」

叫びたてると、助三郎は高々と跳躍した。

石灯籠の灯りを受け、助三郎の身体は弧を描き、侍たちの頭上に達するや、頭を蹴ってゆく。

ついには、岩鬼の両肩におりたった。

岩鬼は助三郎を振り払おうと、棍棒を頭上に掲げた。そこへ助三郎は、凄まじい蹴りを岩鬼の額に見舞った。

思わず岩鬼は棍棒を捨て、顔面を押さえながら片膝をついた。

飛びおりつつ、助三郎は大刀の切っ先を、岩鬼の首筋に突き刺す。と、すばやく大刀を逆さにし、こじりで強打した。命まで奪う必要はない。

岩鬼は大木が切り倒されたように、大地にどうと突っ伏した。

助三郎の全身から汗が飛び散った。

ここは、すぐに退散すべきだ。築地塀を越えるとき、早海の恐怖に歪んだ顔が目の端に映った。


助三郎は藩邸に戻った。

戻るころには、全身がひどく痛んだ。言葉を発する気力もなく、寝所に入った。頬が腫れている。おそらく、身体中に痣《あざ》が残っているに違いない。次第に全身が熱くなった。

熱が出てきた。

眠りにつこうと、両の瞼《まぶた》を閉じた。

しかし、眠れるものではない。瞼にお信が現れた。お信は悪びれもせず、

「助三郎殿、ありがとうございます」

と、礼の言葉を並べていた。
お信の働きを手助けすることになってしまったが、役目を果たしたのだ。
岩鬼との戦いがよみがえる。思いだすだに恐ろしい相手だった。
と、違和感を抱いた。
――なんだ。
頭の芯に、棘《とげ》のようなものが刺さった。
なにか妙だ。
岩鬼の目。そう、早海の部屋に踏みこんできたときの岩鬼の視線……。
それが、どうしたのだ。
駄目だ、考えがまとまらない。神経を集中させようにも、熱が邪魔をしている。
助三郎はうなされた。
夜が明けても、答えは導きだせなかった。
三日後、光圀に呼ばれた。
彰考館にある光圀の書斎だ。
「いま、妙行寺との間で協議しておる。月法は御台所さまに助けを求めておいでのようじゃ」

「どうなるのでございましょう」

「さてのう……」

「大野さまは、どうお考えなのです」

「怪文書の出所がわかったことで満足しておる。事を穏便に処置しようとしておるようじゃ」

「大野さまらしくございませんな。血気さかんなお方と思っておりました。だいいち、老中に就任した際、妙行寺を弾劾すると意気込んでおられたのでしょう」

光圀は眉根を寄せ、

「御台所を敵にまわす、と日和《ひよ》ったのじゃ。いささか見こみ違いであったわ」

と、吐き捨てた。

そのとき、助三郎の脳裏に稲妻が走った。

「ご隠居！」

「なんじゃ、大きな声を出しおって」

光圀は指で耳の穴をほじった。

「これは、大きな間違いでございます」

叱責され、助三郎は声を小さくした。

「どうしたのじゃ」

「これは、ご無礼申しあげました。大きな間違いをしでかしたようです」

助三郎はきっと顔をあげた。

「年中間違っておるではないか」

いつもながら光圀の言葉は辛辣《しんらつ》だが、いまは気にしている場合ではない。

「妙行寺で怪文書を奪ったとき、岩鬼という弁慶のような僧が飛びこんできました」

「そうじゃな。それをおまえが撃退したのだろう」

「はい。そのとき、岩鬼はこう叫んだのです。『とうとう尻尾を出したな、大野の犬め』と」

「それが、どうした。岩鬼とやらは、おまえを大野駿河守の犬、と呼んだのではないのか」

「いいえ、違います。岩鬼が叫んだとき、わたしはまだおりたって……いや、それはともかく、視線がわたしには向けられておりませんでした。わたしは、そのことが妙に心に引っかかっておったのです」

あのとき、岩鬼はお信を見ていたわけでもなかったのだ。だが、お信のことは、光圀には黙っているしかない。

「おまえ、なにが言いたい」

光圀は焦《じ》れている。

「とうとう尻尾を出したな……つまり、以前から怪しいと疑っていたということです。しかし、わたしは妙行寺にはかかわりがない。もちろん、襲撃のときのことを覚えていたのかもしれませんが、犬はともかく尻尾を出す、とはいささか変でしょう」

「岩鬼は、もうひとりいた早海という僧侶に向かって、大野の犬め、と叫んだということか」

「そういうことです」

「なるほどのう。これは、たしかにそうかもしれん。しかし、それがどうしたと申すのだ」

光圀は羊羹《ようかん》を口に入れた。

「話がまったく違ってまいります。岩鬼は早海を、大野さまの犬、と弾劾したのです」

「つまり、大野は以前から妙行寺に隠密を忍ばせていた、ということか」

「違います。それなら、単に内情を探るだけでしょう。わざわざ早海に、ご自分を揶揄する怪文書を作成させ、撒くことなどさせないでしょう」

「怪文書を撒くことによって、妙行寺を追いつめるつもりだったのではないか」

「いいえ、それはないと存じます。現に、今回の妙行寺の一件の裁許にあたり、大野さまは関与できませんでした。それに、大野さまご自身の評判も、相当に傷つけられたのです。老中の座を脅《おびや》かすことをなさるとは思えません」

「わからんな、いったい、なにが言いたい」

一気に話したことで喉が渇いた。助三郎は茶で喉を潤してから、

「これからは、わたしの想像です」

「かまわん。申してみよ」

「大野さまが老中となること……すなわち、領知替えになることを喜ばない者。そして、その者は大野さまのお身内。なぜなら、早海を妙行寺に潜りこませたのですからね。ということは」

「松本……松本大炊助か」

光圀は大きく口を開けた。

「そうです」

「そんなことは、ありえ……いや、ありえるか。あいつは越後十日町への領知替えを、喜んでおらなかった。御家の台所が傾く、とな。それで。大野を隠居に追いこむ腹であったのかもしれんな」

光圀は納得したように腕を組んだ。

それから、しばらく時を経た十一月の二十五日、大野家家老、松本大炊助は自害した。領知替えを反対しての諫死《かんし》と、巷《ちまた》では評判されている。

助三郎の脳裏に、松本の陰気な顔が過ぎった。

光圀は助三郎の推量をもとに、大野忠義と協議をおこなったに違いない。

その結果、事を穏便に済ませようと、松本に腹を切らせ、怪文書の一件をおさめたのだろう。ともかくこれで、大野忠義が幕閣の中枢を担うことになった。

「相棒、よう気づいた」

光圀は助三郎を誉めてくれた。

が、そのあと、

「わしが目をかけてやっただけのことはある。彰考館で冷や飯を食わされておったおまえの長所を、見抜いてやった甲斐があったぞ」

結局、自分を誇ったのだった。

近頃、光圀はめっきり甘い物を口にしなくなったようだ。

第二話　鎌倉謀殺

一

　元禄七年も師走に入った十二月一日、佐々野助三郎は水戸光圀のお供で上野寛永寺《かんえいじ》に参拝し、不忍池《しのばずのいけ》の畔《ほとり》を散策した。夕闇が迫っているが、日が落ちるにはまだ時がある。とはいえ、冬の日は短い。

　それでも、

「ご隠居、ゆるりとなさりませ」

助三郎は声をかけた。

早く帰りましょう、と急かそうものなら、光圀は意固地になるだけだからだ。

そんな助三郎の気遣いが功を奏したのか、それとも気まぐれなのか、

「そうじゃな」

光圀は応じてくれた。

暮れなずむ景色が広がり、身を切るような寒風が吹きすさぶ。光圀のために駕籠を仕立てようと、駕籠屋に寄った。

すると、耳をつんざく笛の音がした。不愉快なまでに耳障りなその音色は、呼子である。町奉行所が捕物の際に合図として使用する。ということは、上野界隈で捕物がおこなわれているのだろうか。

たちまち光圀が興味を示した。

「助さん、助勢してやろうではないか」

寒さもなんのその、光圀は生き生きとしはじめた。幸か不幸か足音とともに、

「御用だ！」

御用提灯が近づいてくる。

と、黒装束のいかにも盗人といった連中が、暗がりを疾走《しっそう》してきた。

三人ばかりが肩で息をしながら、捕方から逃れようと不忍池の畔に至った。

助三郎は捕方に加勢すべく、盗人の前に出ようとした。ところが背後で、

「悪党ども、許さん」

という妙に甲高い声がする。振り返ると、すらりとした人影が立っている。夕

陽を浴びて立ち尽くすその姿は、ただ者でないことをうかがわせた。

真っ白い綸子《りんず》の小袖に紫の袴、重ねた羽織は血のような真紅だ。月代《さかやき》を剃らずに髷を結うという儒者髷ながら、腰に帯びた大小が儒者ではないことを示している。では、侍かというと、侍にしては武張《ぶば》ったところがなく、典雅な雰囲気を醸しだしていた。

――ひょっとして役者か。

と、その派手ななりを見て思ったが、盗人を前に堂々とした様子は、相当の剣客かもしれない。

――とすれば侍か……。

助三郎は興味を覚え、様子をうかがった。

光圀も強い関心を抱いたようで、視線を釘づけにしている。助三郎と光圀ばかりか盗人たちも、戸惑いの視線を向けていた。

男はやおら抜刀した。白刃《はくじん》が夕陽を弾き、盗人たちに向けられる。盗人たちは恐怖におののきながらも、迫りくる捕方が気になるのだろう。度胸を決め、匕首《あいくち》を片手に男に立ち向かった。

男の動きはすばやかった。

風のように盗人に駆け寄り、ひとり目を袈裟懸《けさが》け、ふたり目の胴を払い、三人目は喉仏を貫いた。まるで、舞を披露しているかのような優美な動きで、あっという間に三人を仕留めた。

真紅の羽織にも純白の小袖にも、返り血ひとつ浴びていない。静かに大刀を懐紙で拭《ぬぐ》う。

そこへ、

「御前、お見事でございます」

と、中年の男が歩み寄った。脇にふたりの男を従えている。彼らは、なりや髪型からして侍とわかる。

「御前」と呼ばれたことから、この男は直参《じきさん》旗本、しかも千石以上の家禄であることが知れた。男は白刃を頭上に掲げ、

「国光《くにみつ》、なかなかの切れ味だった」

と、満足そうにつぶやいた。

その横顔は涼やかだ。まだ歳若い。おそらく、二十歳には達していないだろう。着物に匂い袋を入れているのか、伽羅《きやら》の香りが風に運ばれてくる。

捕方がやってきた。町方の同心らしき男が御用提灯を掲げ、盗人たちの亡骸《なきがら》に

ぎょっとした目を向けた。次いで侍に気づき、提灯を向ける。とたんに、かたわらの武士が、

「無礼者、こちらは高家《こうけ》・畠山右衛門督重正《はたけやまうえもんのかみしげまさ》さまにあらせられるぞ」

と、野太い声を発した。同心は米搗き飛蝗《こめつきばった》のように何度も腰を折り、

「金吾《きんご》の御前でいらっしゃいましたか。これはご無礼いたしました」

畠山は悠然とした所作で、

「悪党ども、成敗いたしたぞ」

「これは、御前のお手を煩《わずら》わせまして申しわけございません」

「気にいたすな」

くるりと背中を向けた畠山は、家来たちを引き連れ、悠然と立ち去った。伽羅の残り香がほのかに漂った。

畠山たちの姿が見えなくなったところで、

「まったく……金吾の御前にも困ったものだ」

同心は愚痴を言いながら、亡骸の始末を中間たちに命じた。

助三郎は光圀を乗せた駕籠のそばを離れず、小石川の水戸藩邸に戻った。

あの盗人たちがなにをしたのか、どんな罪を重ねたのかは知らない。

しかし、いきなり虫けらのように斬り捨てるとは、どうにも納得できない。逃走が不可能なほどの傷に、とどめることもできたはずだ。

生け捕りにして、町方に渡すのが筋だろう。畠山という男、それができる腕を持っていた。

それにしても、畠山は直参旗本、しかも高家にあるらしい。高家とは将軍の使いとして、天皇にも会う直参旗本だ。このため、禄高は低くても官位は従五位下《じゅごいのげ》以上という大名並で、歳を重ねると従四位侍従《じゅしいじじゅう》という老中並となる。高家は、いずれも由緒ある名門ぞろいだ。

今川家や、今川家の流れを汲む吉良家《きらけ》が属し、織田信長の血筋を引く織田家は三家が高家にある。件《くだん》の畠山重正は、源平合戦で武功をあげたのち、北条氏の陰謀で滅ぼされた畠山重忠の血筋なのかもしれない。

同心が、「金吾の御前」と呼んでいたのは、畠山の官職名である右衛門督が、唐名《とうめい》で金吾であるためだ。関が原の戦いの帰趨《きすう》を握った小早川秀秋《こばやかわひであき》は、右衛門督を経て、中納言となった。このため、当時の人々から「金吾中納言」と呼ばれていたことは広く知られている。

そんな高貴な身の男が、みずからの手で盗人を成敗するとは。しかも、その動機は、つぶやいた言葉に表れていた。

「なかなかの切れ味」

畠山は陶然とした眼差しを、抜き身に向けていた。つまり、刀の切れ味を試していたのだ。

剣には相当の自信があるのだろう。刀剣類にも目がないに違いない。

——危険な男だ。

そんな思いを抱いていると、助三郎は光圀の書斎に呼ばれた。

駕籠に乗っている最中も、光圀は無言であった。畠山の刃傷沙汰《にんじょうざた》を目のあたりにし、不機嫌になったのかもしれない。

書斎に入ってみると、彰考館総裁・安積格之進の姿もあった。格之進も光圀に呼ばれたらしい
「上野で嫌なものを見た」

さっそく、光圀が畠山による盗人斬殺《ざんさつ》の件を語った。

「金吾の御前ですか」

格之進は二度、三度、首を縦に振った。

「四角殿、畠山金吾をご存じですか」

助三郎の問いかけに、

「大日本史編纂の仕事で、さる高家のお屋敷に伝わる蔵書を拝見しにいった際、噂を耳にしました」

格之進は光圀に向かって答えた。

光圀は話の続きをするよう、うながす。

「畠山右衛門督重正、歳は十八歳」

「ほう、若いな」

「高家に取りたてられたのは、昨年のことです」

「そうなのですか」

助三郎が驚きの声をあげた。高家というからには、幕府開闢《かいびゃく》初期から存在すると思っていたのだ。格之進はうなずくと、説明を続けた。

「姉が公方《くぼう》さまの側室となりました。お染《そめ》のお方さまとおっしゃいます。大奥では、公方さまの寵愛ひとかたならぬと、もっぱらの評判だそうです。弟の金吾さまは、それ以前は大川《おおかわ》という下級旗本で、正次郎《まさじろう》と申されたのです。ところが」

正次郎は、自分の家の祖先が鎌倉幕府創設当時の有力御家人・畠山重忠だと主張しはじめた。自分の先祖はその畠山一族の末裔《まつえい》である、と、姉お染の方を通じて将軍徳川綱吉《つなよし》に訴えたりもした。

姉への寵愛を募らせた綱吉は、正次郎の訴えを聞き届け、畠山家を再興させ、千石の家禄を与えて高家に列したのである。

正次郎は、諱《いみな》も畠山の血筋を意識して重正と称した。

高家には、すでに畠山家がふたつある。ひとつは、室町幕府の管領《かんりょう》職を担った畠山家の流れである。もうひとつは、軍神と称えられた上杉謙信《けんしん》の養子、上条上杉の流れを汲む能登《のと》畠山氏の末裔だ。

つまり、畠山重忠とは別の一族である。

「その金吾の御前が近頃、夜な夜な江戸市中を徘徊し、悪党征伐《せいばつ》とばかりに盗人ややくざ者、さらには夜鷹まで斬殺しておるのです」

助三郎の瞼《まぶた》に、名刀に魅入られたような畠山の眼差しがよみがえった。

「町方はなにも申さぬのじゃな」

光圀は不満げに確かめた。

「一度、南北の町奉行が勝手な斬り捨てはやめてほしい、と申し入れられたそうなのですが、悪党を成敗してなにが悪い、と開き直られ、いっこうにその素行はあらたまらぬとのことです」

「相手は高家、しかも、姉が公方さまの寵愛なされる側室とあっては、町方もそれ以上は強い態度に出ることができぬというわけだな」

「そのようです。ですから高家衆の間でも、困ったご仁だと、もっぱらの評判でございますよ。おまけに近頃では、身辺に怪しげな男たちを侍らせ、市中を警護と称して巡回し、些細な罪を言いたてては刀の錆《さび》にしておるとか」

たしかに上野でも、かたわらに侍っていた者たちがいた。

「みな、剣の腕が立つのだろうな」

腕を組んで、光圀は問いかけた。

「それはもう、腕利きぞろいだそうです。金吾党と名乗り、得意顔で大手を振って歩いておるようですよ」

「まるで、幡随院長兵衛《ばんずいいんちょうべえ》と対立した旗本奴《やっこ》、水野十郎左衛門《みずのじゅうろうざえもん》一派のようだな」

呆れたように光圀は言った。

「まことでございますな」

「上さまは、なんともおっしゃらないのか」

「さて、ご存じなのかどうか」

格之進は顔をしかめた。四角い顔が際立った。

「金吾の御前か……」

助三郎の口からつぶやきが漏れた。

「いまのところ、被害は庶民には及んでいませんが、いずれは……」

格之進の危惧は、杞憂《きゆう》では済みそうもない。光圀も同意見のようで、眉間に深い皺を刻んでいる。

「ああいう手合いは、えてして力を誇示《こじ》したがるもの……いずれ暴走するかもしれません」

難しい顔つきで、助三郎は憂慮した。

二

格之進から呼びだされたのは、それから五日あまりが過ぎた師走《しわす》六日の昼さがりだった。

浅草奥山の茶店の小屋に助三郎が赴《おもむ》くと、すでに格之進は来ていた。

真冬の弱々しい日差しが差す座敷で、愛妾《あいしょう》で女将《おかみ》をやらせているお凛《りん》に膝枕をさせ、耳掃除をしてもらっている。耳かきを使いながらお凜は、芝居見物をねだっていた。

彰考館での生真面目で四角四面の格之進とは、まるで別人である。水戸家中では見せない、格之進の一面であった。どちらが素顔なのか、お凜と戯れているのが素の安積格之進という気もするが、違うかもしれない。

どちらも格之進なのだろう。

人には二面があってあたりまえではないか、と助三郎は思うようになっている。

格之進は目をつむったまま、「わかった、わかった」と生返事を繰り返す。

助三郎は、部屋の隅で控えていた。

やがて、格之進は気持ちよさそうにあくびを漏らすと、

「羊羹でも食べておれ、すぐに済む」

助三郎は、厚切りにされた羊羹を口に運んだ。相変わらずの美味さだ。舌の根にまで伝わる甘味に満足していると、

「よし、もういいぞ」

格之進はむっくりと起き、助三郎を招き寄せた。お凜は芝居見物の念押しをすると、乙女のような笑みを浮かべながら小屋を出ていった。

「さて、と」

格之進は二度、首をひねるとおもむろに、

「御老公が、金吾の御前を成敗する決意をなさった」

予想していたとはいえ、緊張で身が引きしまった。

「畠山さまを謀殺《ぼうさつ》するのですか。公方さまはご承知なのですか」

「金吾さまの姉、すなわちお染のお方さまは、公方さまに弟が世の悪党を成敗していると、善行をしているかのように、お耳に入れておられるようだ」

「公方さまは、それを信じておられるのですか」

「公方さまはお染のお方さまに、ことのほかご執心の様子だからな。周囲の者も触らぬ神に祟りなし、とばかりに、見て見ぬふりだ」

「想像はできます」

どうしようもなく嫌な気分にさせられる。高貴な身分にある者とはいえ、野放しにしているから、ますますつけあがる。

その結果、闇に葬るしかなくなるのだ。助三郎は、どうこう言う立場にはない。

しかし、こうした疑念が湧いてくるのは、どうしようもなかった。

「助さんは目《ま》のあたりにしたのだな。金吾殿は相当な遣い手。しかも、金吾党なる組織を構成する者どもは、そろって腕が立つ」

「構成員は何人くらいですか」

「いまのところ、金吾殿を含めて五人だ。だが、金吾党を志願する者も多勢いると聞く」

「勢力が大きくなる前に、始末せねばなりませんな」

「そういうことだ。できれば、江戸市中でなく、外でな」

「となりますと、近々に江戸近郊に誘いださねばなりません」

「それについては、御老公にお考えがある」

格之進は、いつになく真剣な顔をした。

「いかなるお考えですか」

「金吾殿は、鎌倉畠山一族の出であることに、たいそうなこだわりを持っておる。それを使う」

「と、おっしゃいますと」

「源《みなもとの》頼家《よりいえ》を存じておるな」

「頼朝《よりとも》公の嫡男《ちゃくなん》で、頼朝公亡きあと、将軍職をお継ぎになられたのですね。乳母《めのと》であった比企氏滅亡後、北条氏によって修善寺《しゅぜんじ》に幽閉《ゆうへい》されたあげくに謀殺された

「……」

「そのとおりだ。頼家公は、執権北条時政《ときまさ》が差し向けた刺客によって葬られた。ところでその際、使われたという伝承の太刀が、彰考館の宝物庫にある。業物《わざもの》だ。それを餌《えさ》にする。御老公が発案された」

「江戸近郊とは、鎌倉をお考えですか」

「さよう。御老公が、任せろ、と張りきっておられる。今日も上さまにお目通りし、源頼家斬殺の太刀の話題をしておられる。おそらくは、金吾さまのお耳にも届くだろう」

格之進は嬉しそうに羊羹を頬張った。

「では、わたしたちも鎌倉へ行くことになりますな」

「そうだ。畠山一族所縁の鎌倉で眠らせてやろう、と御老公はお考えだ」

助三郎はひとつ気がかりが生じた。

「金吾さまを暗殺して、公方さまの逆鱗《げきりん》に触れるようなことはございませんか」

「そのことなら心配ない。そちらのほう、つまり、お染のお方さまについても、なんらかの手を打つ」

「なんらかとは……」

助三郎の問いかけに、格之進はニヤリとした。

「そう、お信がうまくやってくれる」

やはり、お信か。

であれば、こちらは自分の職務をまっとうするだけだ。

「浅草にある金吾殿の屋敷を訪ねてくれ。金吾党への入党希望者を募っているそうだぞ。幸い、屋敷はここから目と鼻の先だ」

「それは、おもしろうございます。では、さっそくに」

助三郎は茶を飲み干すと腰をあげた。


入党するにしても、まずは相手の正確な力量を知りたい。羽織、袴を身につけ、浅草にある畠山の屋敷に至った。

浅草寺《せんそうじ》の裏手、浅草田圃の真ん中にあり、大名でいう下屋敷にあたる。敷地が広く、道場がかまえられていた。

門をのぞくと、すでに何人かの侍が来ていた。金吾党に加わりたいと望む者たちなのだろう。門番に入党について尋ねると、すぐ道場に案内された。

玄関に近づいたところで、

「ええい」

凄まじい気合いが聞こえる。玄関を入り、道場を見渡すと、声の主は先夜、畠山のかたわらにいた侍である。

侍は真剣を抜き、型の稽古をおこなっていた。板塀に沿って正座している者のなかには、同じように昨夜見かけた者も見受けられた。

見所には、畠山の涼やかな顔があった。入党希望者はみな、紺の胴着に着替えさせられ、ひとり、畠山だけが純白の胴着である。

助三郎も、紺の胴着を身につけた。

「わしは、畠山家用人・高遠雷蔵《たかとおらいぞう》だ。おまえら、御前が組織なさる金吾党に入りたいと望んでまいったのだろう。これから、金吾党に相応しいか試す」

高遠は肩を怒らせた。胴着を通しても、がっちりとした体格がわかる。明るいところで見ると、まるで鎧《よろい》をまとっているかのようだった。

「では、まず！」

鼓膜が破られるのではないかと思える大音声《だいおんじょう》だ。その声を聞いただけで、

「失礼いたします」

と、泣きっ面《つら》をして逃げだす者がいた。高遠や金吾党の連中が、哄笑《こうしょう》を放つ。

ただ、畠山だけはひとり、遠くを見るような目をしている。

「闘志なき者は去れ」

高遠は言うと、「庭へ出よ」と入党希望者を導いた。みな爛々《らんらん》とした目で、道場から庭に出た。藁《わら》を人の形にして、何本も立てられている。

高遠は真剣を手にした。刃渡り三尺、もはや大刀ではなく太刀だ。それを肩に担ぎ藁の前に立つと、

「とおりゃ」

右手一本で真っぷたつにしてしまった。誰からともなく、ため息が漏れる。

「さあ、やってみろ」

高遠に言われ、ひとりが進み出た。男は真剣で藁を切ったが、あざやかとはほど遠い無様なものだった。それからも五人が挑んだが、高遠の目にかなう者はいないようだった。

とうとう、助三郎の番になった。

「おまえ、その面相で金吾党が務まると思うか」

高遠は助三郎の、どんぐり眼を剣客らしくないと決めつけているようだ。助三郎は、

「剣の腕と顔は関係ござらん」

顔つきを馬鹿にされたことで、つい腹が立ってしまう。

「ほう、そうか」

高遠は挑むような目を向けてくる。助三郎は黙って藁の前に立った。大きく息を吸い、そして吐く。

「てえい！」

高遠にも負けないくらいの大音声を発すると、剣を鞘走《さやばし》らせた。藁が両断された。抜く手も見せず、とはこのことで、助三郎の剣が藁を切った瞬間を見た者はいない。ざわめきが湧きあがった。

「やるな」

高遠が言ったとき、目の端に畠山の動きが映った。畠山は無表情で脇差に手をかけたかと思うと、助三郎目がけて投げつけた。

脇差は矢のように一直線に飛んできた。助三郎は微動だにせず、大刀で脇差を叩き落とした。

「肝《きも》も座っておるようだな」

高遠の言葉を聞き流し、脇差を拾うと、畠山のそばに歩み寄った。

「御前、落し物でございます」

助三郎が捧げ持つと、

「うむ」

畠山は表情を変えず、脇差を受け取った。伽羅のかぐわしい香りがした。かたわらに、まるで歌舞伎の女形のような男前の若侍がいた。

「褒美じゃ」

と、畠山は小判を投げた。芝生の上に転がった小判は、五両だった。山吹色の輝きに目を奪われる者もいたが、助三郎は一瞥もくれずに横を通りすぎる。

高遠が、

「御前が褒美をくださったのだ。遠慮なく受け取れ」

「いりませぬ」

助三郎は、さらりと言ってのけた。

「なんだと」

むっとする高遠に、助三郎は大きく胸を反らした。

「わたしは、犬ではございません」

「貴様、生意気抜かしおって」

高遠が、すごい形相で睨んでくる。

「百俵の蔵米取りとは申せ、御家人。畏れ多くも将軍家の直参にございます。いえ、それ以前に武士たる者、目の色を変えて地を這い、金を拾うなどすべきではござらん」

「強がりを申しおって」

高遠が鼻で笑う一方で、畠山は冷笑を浮かべつつ、なにも言葉を発しなかった。

「では、これにて」

助三郎は畠山に向かって一礼した。

「おまえ、金吾党に入りたくはないのか」

さすがの高遠も、呆気に取られたような顔になった。

「もう、けっこうです」

「もう、とは、いまのことで嫌気が差したということか」

「ご想像にお任せします」

「後悔するぞ」

「いいえ、それはないと存じます」

「おまえは御前のご好意を無にしたのだ。お顔に泥を塗ったにも等しい」

「どう思われようが、わたしは金吾党に加わる気はございません」

「おのれ」

高遠は形相を歪ませた。ふたりのやりとりを見ていた畠山が、すたすたと助三郎に向かって歩いてきた。

と、やおら大刀を抜き、横に掃《はら》った。

咄嗟に助三郎も、大刀を抜いた。刃が交錯した。

凍りついたような空気を、金属音が切り裂いた。次の瞬間、畠山の刀は真っぷたつに折れた。高遠に驚きの表情が浮かんだが、畠山は乾いた声で、

「この刀、たいしたことはない。別の業物を求めよう」

助三郎には関心を向けてこなかった。助三郎は踵《きびす》を返すと、そのまま外に出た。

――常軌を逸《いっ》している。

刀に、人を斬ることに、魅入られているようだ。畠山の乾いた表情が喜びに変わるのは、人を斬る瞬間だけなのに違いない。

このままにはできない。してはならない。

強い決意が、まざまざと湧きあがった。

水戸藩邸の彰考館に戻ると、助三郎は格之進の了解を得て、奉公人の八兵衛《はちべえ》を呼んだ。機転が利き、しっかり者であることから、「しっかり八兵衛」と呼ばれている。これまでにも旅先などで、何度も助三郎と光圀を助けてきた。

今回の旅にも欠かせない存在である。

「鎌倉まで旅をする。鶴岡八幡宮《つるがおかはちまんぐう》参拝だ。一緒に来てほしい」

助三郎が頼むと、八兵衛は、承知しました、と頭をさげた。

この男には、役目を打ち明けよう。今回の役目、出先で隠れて動くのは難しい。むしろ、八兵衛とともに役目にあたらねば……。

「鶴岡八幡宮参詣は、藩庁に届ける表向きの用向きだ。じつは、御老公より高家畠山金吾重正さまを謀殺する密命を受けたのだ」

八兵衛は驚きもせず、

「金吾党、いかにも目にあまりますな。とうとう、成敗の時を迎えましたか。御老公は天下の副将軍として、放ってはおけなくなられたのですね」

「畠山重正という男、公方さまの側室である姉の威を借りただけの乱暴者ではない。剣の腕はたしかなものだ。いや、相当の腕だ」

助三郎は、上野での畠山による盗人斬殺、畠山屋敷での出来事を語った。さすがに、八兵衛の表情が引きしまった。

「だが、その剣は血に穢《けが》れているな。ひたすらに、人を斬るための剣だ」

「邪剣ですね」

八兵衛は顔をしかめた。

「まさしく、邪剣」

助三郎も断ずると、

「盗人といえど、お裁きを受けて死罪を賜るべきですし、罪もない夜鷹を虫けら同然に斬るとは、悪鬼の所業です。やくざ者だって、有無を言わせず殺すのはひどすぎる」

八兵衛は静かな怒りの炎を燃えあがらせたあと、

「ひとつ気がかりなことが」

助三郎は先をうながす。

「畠山さまのお姉上は、畏れ多くも公方さまのご側室……」

「そのことなら気にかけることはない。格之進殿がしかるべく、手を打っておいでなのだ」

お信がどのような企てを狙っているのか知らないが、きっとうまくやってのけるだろう。

「わかりました。では、わたしたちはどうすればよろしいのでしょう」

「御老公が金吾党を鎌倉におびきだす。鎌倉で討つことになるだろう。まずは旅の支度だ」

「武士の世のはじまり、鎌倉で討ち取るとは、歴史に精通した御老公さまならではです」

と、八兵衛は感心してから、ふと不安に駆られたように眉根をひそめた。それを見て助三郎も、おそらくは同様の心配をした。

果たして、

「御老公も、鶴岡八幡宮参拝に同道なさるのではないでしょうか」

八兵衛は助三郎と同じ危惧の念を示した。

それには答えず、

「さて、わたしは剣の腕を磨かねばな」

助三郎は腰の脇差に視線を落とした。

そのころ、畠山は助三郎に対する怒りを押し殺していた。こんな屈辱を味わわされるとは。これまでになかったことだ。

「高遠」

表情こそ変えていないが、その声はわずかに震えている。高遠には、それが助三郎に対する怒りであることが手に取るようにわかった。

高遠は黙って、畠山の前に進み出た。

「許せん」

「御意にございます」

「斬って捨てる。素性を確かめよ」

「しかしながら、いくらなんでも御家人を斬ることはできません」

「人目につかぬところで斬る」

畠山の目は黒く淀んでいた。

明くる日の晩、助三郎は神田川に面した柳原通りを歩いていた。

月は雲に隠れたり、のぞかせたりしている。そのため、往来は商家の影が現れたり見えなくなったりしていた。土手には、神田川の川風を受けた冬枯れの柳が頼りなげにそよいでいる。底冷えを感じ、羽織の襟を寄せる。

と、背後に殺気を感じた。

「出てこい」

助三郎は振り返った。菰《こも》掛《が》けの古着屋の陰から高遠雷蔵が現れた。

「おまえだけではあるまい」

助三郎が語りかけると、

「ははは」

怪鳥《けちょう》の鳴き声のような笑いとともに、畠山金吾重正も姿を現した。芳《かぐわ》しい伽羅の香りが寒風に運ばれてくる。畠山は真紅の羽織を、はらりと脱いだ。純白の小袖に、朱色の襷《たすき》を掛けている。

——いま、ここで始末をつけるか。

助三郎はそう思った。またとない機会である。鎌倉まで待つことはない。

と、そんなことを考えるゆとりはなかった。畠山は即座に攻撃を仕掛けてきた。大刀を抜き放ち、舞をまうような優雅な所作で白刃を振りおろす。

助三郎は右に避ける。避けた先に、高遠が待ちかまえていた。

と、そのとき、

「どうした、誰かいるのか」

声がしたと思うと、南町奉行所と記された提灯が近づいてくる。畠山と高遠の動きは速かった。

助三郎をその場に残し、柳森稲荷へと走った。

その蠢動《しゅんどう》を、御用提灯が釣られるように追いかける。助三郎もあとを追った。

柳森稲荷の境内をのぞくと、

「夜鷹め、成敗いたす」

畠山が甲高い叫び声をあげ、夜鷹を斬った。夜鷹は悲鳴すらあげられず、境内に転がった。さらに畠山は、鳥居の陰にひそんでいたふたりの夜鷹を斬った。

奉行所の同心が唖然と立ち尽くしている。

高遠が、

「高家畠山右衛門督さまなるぞ」

同心は腰を折り、

「金吾の御前、いつもながら、あざやかなお手並みでございます」

畠山はそんな世辞は聞き流し、

「ここらに巣食う夜鷹どもを掃除してやった」

と、乾いた声を発した。

「畏れ入りましてございます」

同心はさかんに頭をさげた。

「金吾党はこの世を正す」

高遠が勝手に宣言すると、さすがに同心は反感を覚えたようだ。

「まことに畏れ多いことでございますが……夜鷹といえど、無差別に斬ってよいものではございません。今後はわたしども町方にお任せください」

「金吾さまの世直しを批難するか。この不浄《ふじよう》役人めが」

高遠がたちまち気色ばみ、まさにつかみかからんばかりの勢いだった。

「め、滅相もございません」

ぺこぺこと同心が頭をさげた。畠山は無言のまま同心の前に立つと、いきなり抜刀した。

「ひえ！」

同心が悲鳴を漏らした。と、次の瞬間には髷が飛んでいた。同心は頭を押さえ、その場にへなへなと尻餅《しりもち》をついた。

「今度は髷ではすまんぞ。首が飛ばぬように用心するのだな」

せせら笑う高遠の前で、同心は境内を這い、やっとのことで立ちあがると急ぎ足で立ち去った。それを見て、高遠はふたたび哄笑を浴びせたが、畠山は乾いた笑みを顔に貼りつかせるばかりだ。

と、そこで高遠があたりを見まわす。討ち漏らした助三郎を探しているのだろう。だがそのとき助三郎は、すでに境内の森の陰に隠れ、ふたりからは姿を消していた。

気配を消したまま助三郎が見ていると、高遠が無念そうに声を発した。

「あの佐々野という御家人、なんとしても見つけだします」

「絶対に斬り捨てたい」

「許せぬ男でございます」

「楽しみは先に取っておくのもよいがな。手強い相手であれば、それだけ楽しみというものだ」

「御意にございます」

寒月の冴えた光に映る畠山は、ぞっとするような美しさをたたえていた。

三

助三郎が格之進の呼びだしを受けたのは三日後、すなわち、十二月十日の朝のことだった。

仕掛けがうまくいったのかと、気持ちの高ぶりをおさえながら屋敷を出た。今日は浅草奥山の茶店ではなく、神田相生町の高級料理屋・花隈である。

仲居に案内され奥まった座敷に行くと、すでに格之進が待っていた。心なしか元気がない。顔が赤らんでいるのは、すでに杯を重ねているのだろう。

仲居が出ていったところで、

「鎌倉行き、決まりましたか」

と、勇む気持ちを押し殺しながら聞く。

「ふむ」

格之進は生返事で、杯をあおるようにして飲みくだした。

「いかがされたのです」

格之進は珍しく沈んでいる。しばらく言い淀んでいたが、

「お凜がいなくなった」

と、蚊の鳴くような声を漏らした。

「お凜殿が、ですか」

意外な話に、思わず聞き返した。

「そうじゃ」

格之進は懐中から書付を取りだした。書付には、「鎌倉へ墓参りに帰ります」とだけ記されていた。お凜の乙女のような容貌から受ける印象とは違い、しっかりとしたやや武張った筆遣いだ。

「この書付のとおりなのではございませんか」

正直、拍子抜けだった。ただの墓参りではないか。そんなことで、格之進ともあろう者が心を乱しておるとは。

「たしかに、お凜の実家は鎌倉だ。父親はいないが、母親とお凜の兄が一緒に七里庵《しちりあん》という名の蕎麦屋《そばや》をやっておる」

「親父殿の墓参りということではないのですか」

格之進はさらに書付を出した。そこには、ひどい金釘流《かなくぎりゅう》の文字で「お凜に災いが起きぬよう祈れ」とある。

「今朝、藩邸に届いた。何者の仕業かはわからん。ただ、浅草の店に奉公する女中の話では、このところお凜の店を頻繁に訪れる若侍がいたとか」

「まさか、その若侍に誘われて鎌倉へ向かったと」

「そうかもしれぬ」

「しかし、それなら、このような書付を四角殿に送る理由がわかりません」

「これから、金を要求する文が届くのかもしれん」

「ご心配かもしれませぬが、いまはしばらく様子を見られてはいかがです」

格之進は黙りこみ、杯を何度かあおってから、きっとした目になった。

「すまぬが、金吾殿の一件で鎌倉に行ったら、お凜の蕎麦屋を訪ねてくれ」

「それはかまいませんが……」

「金吾殿がかかわっておるかもしれん。妙な因縁になったものじゃ」

「行き先が、たまたま同じ鎌倉でございますものね」

「金吾殿はともかく、わしを嫌っておる者は多い。別の者の仕業ということも考えられる」

「なるほど」

「公私混同はわかっておるが、誰にも頼めぬからな」

格之進は右目をつぶって見せた。その表情は滑稽であり、気の毒でもあった。

「承知つかまつりました」

「うむ、頼む」

そう言ってから、

「それで、金吾殿の一件だ」

と、格之進が背筋を伸ばした。助三郎も威儀を正す。

「彰考館の宝物庫にある源頼家所縁《ゆかり》の太刀を、鶴岡八幡宮に奉納する。その役目を、金吾殿におこなっていただくことになった」

「ほう、向こうは餌に食いついたわけですな」

「さよう。御老公は、この太刀が災いをもたらすと、上さまや幕閣に喧伝《けんでん》した」

「なるほど」

「そこで、畠山の血を引く金吾殿が、頼家所縁の鶴岡八幡宮に奉納に行くことになったという次第だ。業物につられ、金吾殿はみずから志願されたそうじゃ」

「御老公も、うまい手立てをお考えになりましたな。刀剣類に目がないうえに、金吾殿はことのほか、畠山氏の末裔を誇っておられます。そんな話があれば、一も二もなく飛びつくでしょう」

「そのとおりじゃ。よって、鎌倉にて討ち果たせ。当日は御老中・大野駿河守さまが配下の者を遣わし、境内には金吾殿一行以外は立ち入らせないようにする。成敗したあとの処置も手抜かりはない」

大野忠義は怪文書の件で光圀に借りがある。

それを光圀がついたのかどうかはわからないが、大野は光圀のために役立つことで借りを返そうというのだろう。理由はどうあれ、

「それは、助かります」

助三郎は大野の助勢を素直に感謝した。

「絶対に討ち漏らすな」

「お任せください」

「うむ。しかとな……それから、面倒だが、お凜の一件も頼む」

格之進は恥ずかしそうに視線を逸《そ》らした。

「それも承知しました」

助三郎は頭をさげる。

「金吾殿一行の出立は明日の朝じゃ」

「では、われらは今日にも立ち、迎え討つことにいたしましょう」

助三郎は部屋から出た。

四

助三郎一行は、東海道を西に向かった。

八兵衛も危惧したとおり、やはり光圀も同道することになった。それは想定内だったが、なんと安積格之進も加わった。助三郎にお凜のことを頼んだものの、居ても立ってもいられなくなったようだ。

それでも、そんな素振りは微塵も見せず、四角い顔を際立たせ、あくまで大日本史編纂の役目として鶴岡八幡宮を参詣する、と光圀の了解を得たのだった。

畠山重正には知られないよう、お忍びの旅である。それを大義名目として、光圀は忍び旅を楽しんでいた。

助三郎と格之進は道中笠を被り、汚れの目立たない黒地無紋の小袖に羽織を重ね、裁着《たつつ》け袴《は》を穿《こ》き、背中には打飼《うちがい》を背負っている。

光圀も地味な焦げ茶《ちゃ》の小袖に袴、同色の袖無羽織を重ね、宗匠頭巾《そうしょうずきん》を被っているが、もちろん荷物は持っていない。代わりに、樫の木製の杖《つえ》をついていた。

八兵衛は寒さをものともせず、羽織を重ねていないばかりか動きやすさを求め、小袖の裾をはしょって帯にはさみ、振り分け荷物を担いでいる。頭には手拭《てぬぐい》を吉原《よしわら》被りにしていた。

夕暮れに発ち、品川宿、川崎宿、神奈川宿と進み、保土ヶ谷宿《ほどがやしゅく》で朝を迎え、そのまま南に金沢鎌倉道をとった。

夜通しの旅にもかかわらず、疲労や不満を口にする者はいない。それどころか、重大な役目を思い鎌倉が近づくにつれ、面差しには精悍さを帯びていった。

もちろん、道中、しっかり八兵衛は甲斐がいしく光圀の世話をした。先まわりして茶店の席を取ったり、疲労の様子に応じて馬を用意したり、駕籠を呼んだ。八兵衛のおかげで、光圀は強行軍にもかかわらず快適な旅ができた。

「八兵衛は気が利くのう……」

何度も光圀は言ったが、それは助三郎へのあてつけでもあった。

「老いは足腰からきます。御老公の健脚ぶりは、若さの秘訣でござりますな」

などと、助三郎は慇懃《いんぎん》無礼な皮肉で応じてきた。

ともかく、天下の副将軍一行が鎌倉に着いたのは、江戸を出発してから翌々日の夜だった。

鶴岡八幡宮の門前町にある旅籠《はたご》に逗留《とうりゅう》し、ひとまずは旅装を解くことにした。

さすがに歩きづめということで、旅籠が定まるとみな安堵の表情になった。

式台に腰かけ、埃《ほこり》にまみれた羽織を脱ぎ、湯で足を洗う。二階の部屋に入ると、八兵衛をのぞく三人はすぐに湯に向かった。思わず頬がゆるむ。

ご苦労にも八兵衛は、畠山一行の動静を探っている。じつに働き者で、助三郎としては頭がさがるばかりだ。

風呂には助三郎たち一行のほか、誰もいない。とはいっても、壁に耳あり、であろう。

「明日、いかがしますか」

格之進が声をひそませ光圀に聞いた。

「まずは、鶴岡八幡に参拝だな」

答えると、光圀は湯で顔を洗った。助三郎は顔まで湯に沈める。なんとも生き返った心持ちがする。

「相手は何人くらいでしょうか」

格之進の問いかけに、

「十人くらいです」

と、湯煙のなかから、八兵衛の声が聞こえた。

八兵衛は畠山たちが逗留する旅籠を見つけ、探りを入れたらしい。

もっとも、一行の所在を探るのに苦労はなかったそうだ。なにしろ畠山は『高家畠山金吾重正一行逗留』を堂々と旅籠に掲げさせたうえに、貸しきりとしていたのだ。

「その十人、みな腕に覚えのある者ばかり」

以前の入党試験のときを思い浮かべ、助三郎は言い添えた。

湯舟からあがると、八兵衛が光圀の背中を流す。助三郎と格之進は、思い思いに身体を洗い、部屋に戻った。すぐに、食膳が運ばれた。

酒を注文する者はない。

女中が、

「お侍さま方は、江戸からおいでになられたのですか」

と、気さくな調子で語りかけてくる。隠しだてをする必要はないし、かえって怪しまれるだろう。

「そうだが」

みなを代表し、助三郎が答えた。

「師走ですから、旅籠は暇です」

女中は愚痴ともつかぬ言葉を発した。

「正月には賑わうのだろうな」

「それはもう、八幡さまには、たいそうな人数が参拝に訪れますから」

「門前町で聞いたのだが、江戸より高家畠山右衛門督さまが、太刀の奉納にまいられるとか」

助三郎は世間話のついでという感じに聞いた。女中は疑いもせず、

「そうなんです。いま、鎌倉ではそのことで持ちきりです。今夜中にお着きになるようですよ。なんでも、金吾さまというお殿さまは、とても怖いお方とか」

と、心配そうに顔を曇らせた。

「ほう、どんなふうにだ」

「江戸で悪人を、たくさん成敗なさっておられるそうですね」

「そうだ。金吾党と申されてな」

助三郎が答えると、格之進もうなずいた。

おとなしいと思ったら、光圀は八兵衛に肩を揉まれながら船を漕いでいた。寝た子を起こすことはない。助三郎も格之進も、光圀には話題を振らずにいた。

「お殿さまには、おっかないご家来衆がついておられると聞きましたが、まさか、お侍さま方ではないでしょうね」

女中に疑いの目を向けられ、

「そんなふうに見えるか」

助三郎は自分の顔を突きだした。女中はまじまじ助三郎の顔を見ていたが、

「お優しそうなお侍さま。とても、人を斬るお方には見えません」

「わたしはそうだが……この方はわからぬぞ。角張った顔をしているからな」

助三郎は格之進を見た。格之進が顔をしかめたため、女中は恐がって目をそむけた。大丈夫だ、と助三郎は安心させてから、

「金吾さまのご一行、この目で見てみたいものだな」

「八幡さまに参拝されるのは、明後日の朝からだそうですよ」

「そうなのか」

「ええ、旦那さまが話しておられました。お江戸の御老中さまから、旅籠の宿泊客には十分に目を配るようにと、お達しがあったそうです」

「妙な連中が、金吾さまに危害を加えては大変だからな」

大野はしっかりと光圀に協力しているようだ。

「そんなことになったら大変です」

「もっとも、金吾党に危害を加える者などは、そうはおらんだろうがな」

「そうですよね」

女中は、助三郎のふんわりとした雰囲気に引きこまれて笑みを漏らした。

「ところで、七里庵という蕎麦屋を存じておるか」

女中は即座に、

「評判の蕎麦屋ですよ。江戸にも聞こえておりますか」

と、答えたものだから、格之進の顔が複雑に歪んだ。

「行ってみるといいですよ。この旅籠の三軒先の右手ですから」

「わかった」

助三郎は答えてから、ふとなにかを思いだしたように、

「娘がおると聞いたが。名はたしか、お凜とか申したが」

「そう、お凜さんです」

「存じておるのか」

「江戸の浅草で茶店をやっておられるそうですね」

「そうなのだ。わたしも、お凜の茶店にはたびたび足を運んでおる。七里庵のこ

とも、お凜から聞いたのだ。鎌倉へ行くと申したら、ぜひ寄ってくださいとな」

「親孝行な娘さんだと、門前町ではたいそうな評判ですよ」

「そんなに評判がよいのか」

「毎月、きちんと実家に仕送りをしているってことです」

お凜にそんな一面があったとは、なんとも意外な気がした。格之進のほうを見やると、表情をなごませている。

「感心なことだな。顔を出してみるか」

「そうしてください」

女中は腰をあげた。

食事を終え、休むことにした。


明くる朝、助三郎たちは鶴岡八幡宮に参拝した。

光圀は何度も参拝しているし、旅の疲れから宿で休んだ。そのほうが助三郎も格之進もありがたい。八兵衛も、光圀の世話のために宿に残った。

言わずと知れた武士の都、鎌倉を象徴する神社だ。源頼義《よりよし》が康平《こうへい》六年（一〇六三年）に前九年の役での奥州安倍氏《あべし》討伐祈願のため、岩清水八幡宮を勧請《かんじょう》し、治承《じしょう》四年（一一八〇年）頼朝が挙兵してから鎌倉の中心に据えた。

徳川の世になってからも、源氏の氏神《うじがみ》たる八幡神を祭ることから、代々の将軍の手厚い庇護を受けている。

助三郎と格之進は、石造りの一の鳥居をくぐり、参道をまっすぐに歩いて、朱塗りの二の鳥居に至った。ここからは、段葛《だんかずら》と呼ばれる一段高くなった道が、境内まで続いている。

一直線に走る段葛を進み、三の鳥居をくぐった。

「いやあ、立派なものですな」

思わず助三郎は、感嘆の声を漏らした。広大な境内が広がり、さまざまな建造物が設けられている。まず目を引くのは、眼前に架かる太鼓橋だ。源平池と呼ばれる大きな池を横切るようにして架けられている。

年の瀬とあって、旅籠の女中が言っていたように参詣客はまばらだった。

助三郎と格之進は、右手にある源氏池に向かった。黒ずんだ池に島が三つ、そのうちのいちばん大きな島にある旗上弁天社に参拝をした。

鯉の姿は見られない。泥の中に身をひそめ、冬眠しているのだろう。枯葉が舞い、木々の枝が寂しげにそよいでいる冬枯れの光景だ。

源氏池を見るだけでは不公平だと、左手に広がる平家池も見物した。こちらは、ひとまわり小さい。

格之進が池に設けられた四つの島を指差し、

「平家池には島が四つ。源氏池には三つ。なにを意味するか存じておるか」

助三郎は首をひねった。格之進は自慢げに、

「三はすなわち産、四はすなわち死、ということだ」

助三郎は平家池を見て、小さくため息を漏らした。白い息が流れる。平家滅亡の無常を感じた。

「行くぞ」

格之進に言われ、境内を奥に向かった。

源義経の愛妾、静御前《しずかごぜん》が舞を披露したという伝承で知られる舞殿を右手に通りすぎ、

「あれが有名な大銀杏《おおいちょう》ですな」

助三郎がまたも感嘆の声を漏らした。本宮へとつながる大石段の左に、大きな銀杏の木があった。樹齢《じゅれい》四百年、建保《けんぽう》七年（一二一九年）一月二十七日、八幡宮の別当で源頼家の息子公暁《くぎょう》がこの銀杏にひそみ、将軍源実朝《さねとも》を斬殺したことから

隠れ銀杏とも呼ばれる。

銀杏は、黄色く染まった葉を石段に落としている。このため、石段は黄落《こうらく》した葉が斑《まだら》の模様を作っていた。

「公暁が三代将軍・実朝公を暗殺する際に、ひそんでいたという大銀杏だな」

格之進が応じた。

ふたりは石段の中ほどで、銀杏を見あげた。

「歴史の重みを感じますな」

柄にもなく助三郎は歴史に浸った。

「まったくだ」

格之進が答えると、

「ここで金吾さまを討ち取るとは、まさしく歴史は繰り返す、ですね。われらも、あの大銀杏に身をひそませますか」

助三郎の提案は、歴史の郷愁から現実に引き戻した。

「金吾党は、この石段を本宮に向かって歩いていく。たしかに、待ち伏せるには格好の場所ではあるな」

賛同した格之進は、銀杏を見あげた。

「樹齢四百年の重みです」

ふたたび助三郎は、歴史に思いを馳せた。

「しかし、いくら大木でも、ふたりは隠れられぬな」

どうやら格之進は、自分も畠山謀殺に加わるつもりのようだ。

「ここは、ひとりがせいぜいでしょう」

助三郎は冷静に見定めた。

「となると、分かれて襲うか。金吾さまに狙いをつける者と、配下の者たちに立ち向かう者に分かれる。と申しても、助さんとわたしの役割分担だが」

案外と格之進も冷静である。

「わたしが金吾さまを討ちましょう。わたしは金吾さまに刃を向けております。金吾さまは、わたしと決着をつけたいでしょう」

「よかろう。わたしは配下の者どもと金吾さまを、分断いたす」

言葉に力をこめた格之進の顔が、そこで驚愕に彩られた。

五

格之進の視線を追うと、そこにお凜の姿があった。楽しそうに男と語らっている。男は侍だ。腰に大小を差し、紫の小袖に袴を穿いていた。静まり返った境内に、お凜のころころと転がるような笑い声が響きわたった。

侍との逢瀬を楽しんでいるふうだ。このままそっとしておくべきか。きっと、お凜にとっては、あの侍が想い人なのだろう。背中を向けているため面差しはわからないが、身形がきちんとした侍だ。とても、家を捨てて駆け落ちしてきたようには見えない。

となると、墓参りがてら鎌倉までの道行きを楽しんできたのだろう。しばしの逢瀬を楽しみ、浅草へ戻るのではないか。

格之進も、声をかけるかどうか迷っているようだ。

と、侍の顔が見えた。

「ああ」

助三郎の口から、小さな悲鳴が漏れた。

あの侍は、畠山屋敷にいた。畠山のかたわらに侍っていた、女形のような男前の若侍だった。

つまり、金吾党の一員なのだ。

「お凜殿と一緒にいるのは、金吾党の侍ですぞ」

助三郎に言われ、格之進は呻いた。

次いで、

「大事を前に若い娘といちゃつくとは、いいかげんな男じゃ」

怒りと嫉妬を嚙み殺し、格之進は言った。

畠山謀殺という大事の前に、私事で騒ぐのは慎まねばならない、と格之進は自分をおさえているようだ。しかし、格之進の気持ちが揺れては、大事をしくじるかもしれない。

「様子を探ってきます。なに、気づかれないようにしますよ」

助三郎が言うと、

「すまぬ」

格之進は頭をさげた。

助三郎は石段を駆けおり、お凜と侍に向かった。ふたりは平家池に向かって歩いていく。

空は鉛色にくすんでいた。いまにも雪が降りだしそうな雪催《ゆきもよ》いの空だ。

お凜と若侍は、平家池の畔にたたずんだ。助三郎は気づかれないよう距離を保ちながら、木陰に身をひそめ様子をうかがった。

「寒くはないか」

若侍の声は優しげだ。

「頼母《たのも》さまのおそばであれば、寒くなんかございません」

若侍は頼母という名のようだ。

「平家池と申しても、取りたててなにがあるでなし。しかも、いまは冬とあっては、鯉も泥の底で冬眠をしておるな」

頼母の吐く白い息が風に流れた。

「このまま、遠くへ行きたいわ」

お凜はどこか大人びて見えた。

「鎌倉まで来たではないか」

「もっと、遠く」

「遠くと申すとどこだ」

「そうねえ」

お凜は夢見るような顔つきだ。格之進が見たら激怒するか、それとも苦笑を浮かべるか、いずれにしても正気ではいられないだろう。

「富士のお山にのぼってみたい」

「富士の頂《いただき》にか」

「はい」

「修験者でもあるまいに」

「頼母さまと一緒なら行けそうですわ」

「それは無理だな。ここで我慢せよ」

「はい。そうします。鎌倉まで来られただけでも嬉しゅうございました。わたしは墓参り、頼母さまは鶴岡八幡さまにご用事があったのでしょ。きっと、八幡さまがお導きくだされたのね」

「そうだ。では、これでな」

「あら、もう行っちゃうの」

お凜は拗《す》ねるように身をよじらせた。

「そう、申すな」

頼母は軽くお凛の肩を抱き寄せてから、「では」と足早に立ち去った。

一瞬、そのあとを追おうと思ったが、どうせ、明日には剣を交えるのだ。いまさら探りを入れる必要はないだろう。

となると、お凛のことが気になる。

助三郎は、お凛の前に立った。うつむきかげんのまま、お凛は助三郎を避けようとしたが、助三郎が行く手をはばむと顔をあげた。

「まあ」

お凛は小さな驚きの声を漏らした。助三郎だと気づいたようだ。

「奇遇ですな」

「ええ」

お凛は、ばつが悪そうに横を向いた。それから、

「佐々野さまも、鶴岡八幡さまにお参りにまいられたのですか」

「そんなところでござる。鎌倉は風光明媚、古式ゆかしい寺がいくつもございますからな。物見遊山でござる」

「この寒さのなかですか」

「風流を求めてまいったのですが、やはり、時節は春がよろしいのでしょうな」

「鎌倉は四季折々が愛でられますよ」

「ところで、お凜殿はなぜ鎌倉にまいられた」

助三郎は格之進をはばかり、お凜に殿をつけた。

「墓参りです」

「お凜殿は鎌倉の出でござったな」

「ええ、いまも兄と母は、こちらで暮らしております」

助三郎は両手を打ち鳴らし、

「格之進殿から聞いたことがござる。なんでも鎌倉で評判の蕎麦屋だとか」

「評判かどうかはともかくとしまして、蕎麦屋を営んでおります」

お凜は格之進の名前を耳にして罪悪感を募らせたのか、助三郎から視線を外した。

「格之進殿が、いたく心配されておられたぞ。なんでも、書置きを一通置いただけだそうだな」

お凜は強い眼差しを向けてきた。いつもの乙女然とした、ほがらかさは消えている。

「旦那さまに言われて、わたしを追ってきたのですか」

「半分そのとおりだが、半分は違う」

「わけのわからないこと、おっしゃらないでください」

お凜の声音には険が感じられた。

「格之進殿に頼まれたことは事実だ。お凜殿のことを心配され、わたしに鎌倉まで行ってほしいと申された。しかし、これはたまたまだが、お役目でも鎌倉行きが決まったのだ」

「旦那さまは、わたしが男と道行きをしたと勘繰ってなさるのですか」

お凜はからからと笑った。

が、その笑いはいつもの弾けたような底抜けの明るさではなく、今日の空のようにくすんでいた。

「頼母殿とは何者か」

助三郎は切りこんだ。お凜は口を硬く引き結んだが、

「探っておられたのですか」

今度はひどく冷めた物言いだ。

「ああ、目に入ったのでな」

「このこと、旦那さまに言いつけますか」

「それは、頼母殿との間柄を聞いてからだな。このまま、ずるずると関係が続くようなことであれば、黙ってはおられん」

お凜は地べたの小石を蹴った。小石は池に落ち、水面に小さな波紋が広がった。

「お凜殿、相手の武家の素性をお聞かせくだされ」

金吾党とはわかっているが、お凜が頼母のことをそうと知っていて付き合っているのかが気になった。

「名は佐川《さがわ》頼母さま、素性はさるお旗本のご家来ということしか存じません」

「ほう、馴《な》れ初《そ》めは」

「お店に何度かいらっしゃいました。あるとき、優しく声をかけられました。芝居見物でもせぬか、と」

「誘いに乗ったのか」

「はい……」

お凜は言ってから、大急ぎで、

「旦那さまが連れていってくださると申されて、なかなかお連れくださらなかったのです。その日も旦那さまは、中村座に芝居見物の約束をしてくだすっていたのです。ほら、佐々野さまもいらっしゃいましたわ」

「ああ、あのときか」

お凜に耳掃除をされていた格之進の様子が思いだされた。

「でも突然、文が届いて、火急の用件ができたから行けなくなったと。それで、わたし、とても残念でなりませんでした」

「そんなときに、佐川殿に誘いをかけられたというわけだな」

お凜は首を縦に振った。

「それがきっかけで、何度か逢瀬を重ねておるのか」

「何度もではございません。出かけたのは、芝居見物と今回で二度です」

「まことか」

「信じてください」

嘘をついているようには見えなかった。

「わかった。このあと、江戸に戻るのだな」

「はい」

「戻るときは、佐川殿とは同道せぬことだ」

「このこと、旦那さまには……」

「申さぬ。ただし、佐川殿とは二度と逢わぬように」

だろう。

「でも」

お凜は心が定まらないようだ。

佐川の若々しさを前にすれば、お凜ならずとも夢中になるのは無理からぬこと

しかし、佐川は生きて江戸には帰せない。どのみち、お凜にはつらい別離が待ち受けているのだ。

お凜は顔をあげ、しっかりと助三郎に視線を定めた。

「鎌倉へは、ほんの遊びです。旦那さまに意地悪してやりたくなって、悪戯な文まで書いたのです」

どうやら脅迫文のことを言っているようだ。お凜が佐川頼母とともに、鎌倉までの道行を楽しんだのは、佐川への恋情もあろうが、格之進へのあてつけといった面もあったに違いない。

悪戯を自分で告白したということは、踏んぎりをつけたようだ。ならば、これ以上責めることはない。

「お凜殿、寒くなった。早く家に戻られるがいい」

お凜は黙って立ち去ろうとして振り返った。

「うちの蕎麦屋に寄ってください」

後ろ姿が、妙に大人びて見えた。

六

助三郎は格之進をお凜の蕎麦屋に誘ったが、格之進は気が進まない、と言って断った。

——無理に連れていくこともなかろう。

お凜の浮ついた行動を、助三郎は言葉を選びつつ格之進に説明したのだが、男女の仲に疎《うと》い助三郎とあって、どこまで格之進の気持ちを救えたのかは不明だ。ともかく、鎌倉ではお凜に会わないほうがいいと、格之進も思っているようだ。無事に役目を果たしたあと、江戸でとことん話しあえばいいだろう。

格之進の代わりに、

「昨晩申した蕎麦屋に行こう」

と、八兵衛に声をかけた。

「それはよろしいですな」

八兵衛は蕎麦が大好物だそうだ。

助三郎は八兵衛とともに、お凜の蕎麦屋にやってきた。暖簾をくぐると、香ばしい醬油と鰹節の香りがする。八兵衛は目尻をさげた。

昼時、しかも評判の蕎麦屋とあって、なかなかの繁盛ぶりだ。

助三郎と八兵衛は、小あがりになった入れこみの座敷にあがった。何人かの行商人たちが膝を送って、ふたり分の席を作ってくれた。お凜は襷掛けで、忙《せわ》しく働いていた。ちらっと視線が交わったが、助三郎は黙っていた。

「お凜、できたよ」

調理場から男の声がした。兄のようだ。

「はあい！」

お凜は張りのある声を返している。八兵衛が、

「佐々野さま、なにになさいます」

と、ここでも気遣いを示した。

「冷えたからな。温かい蕎麦にしようか。しっぽくだ」

「ならば、わたしも……」

八兵衛は合わせようとしたが、迷う風だった。

「わたしに気遣うな。御老公にも気を遣っておるのだ。こんなときくらい、好きなものを頼めばよい」

助三郎が勧めると、

「では、貝柱のかき揚げ蕎麦を頼んでもよろしゅうございますか」

と、笑顔を見せた。

「かまわんとも」

助三郎が応じると、八兵衛はお凜に注文を出した。お凜は注文を聞くと、てきぱきと調理場に戻る。その所作からすると、ひとまずは安心できた。お凜は江戸へ、格之進のもとへ戻るに違いない。

「これは、期待が持てますな」

八兵衛は舌舐めずりせんばかりだ。

「どうしてわかるのだ」

助三郎が問うと、

「出汁の香りを嗅いだだけでわかります」

自慢することのない八兵衛の言葉だけに、信用できるし期待を抱ける。

やがてお凜が、しっぽくとかき揚げ蕎麦を運んできた。狐色のかき揚げが、いかにも美味そうで、助三郎は自分も注文すればよかった、と悔いた。

なるほど、八兵衛が言ったように、出汁には深い味わいがあった。分厚く切られた蒲鉾《かまぼこ》もありがたい。麩《ふ》や椎茸《しいたけ》にも、出汁がよく染みこんでいた。

八兵衛はふうふう息を吹きながら、かき揚げを美味そうに口に運んでいる。

助三郎もしっぽくを食べ終えたが、まだまだ食欲が満たされたわけではない。

普段の助三郎の健啖ぶりを知っているお凜が、気を利かせて皿を持ってきた。

そこには、稲荷寿司と黄粉《きなこ》餅が並んでいる。

「これは、美味そうな」

助三郎は稲荷寿司に手を伸ばした。稲荷寿司は小ぶりで、いささか物足りないと思ったが、食してみると油揚げが濃厚に煮こまれていて口中にじわっとした甘味が広がり、食いでがあった。

「勘定を済ませておくから、先に宿に戻っていてくれ」

八兵衛は礼を言って、満足げな顔で店を出ていった。

ややあってからお凜に、「美味かった」と勘定を払う。

「ありがとうございます」

お凜は見送ってくれるようで、一緒に外へ出た。

「雪だわ」

夕暮れの空からは、牡丹雪が舞い落ちてきた。

「積もりますね」

お凜は手のひらに雪を乗せた。

「明日の鶴岡八幡宮は、雪化粧が施されているだろうな」

「そうですわね」

「お凜殿、いつまでこちらへ」

「明後日……」

と、言ってから首を横に振り、

「明日には帰りたいと存じます」

きっと、佐川頼母との別離を決意したのだろう。

「道中、気をつけられよ」

言ってから女のひとり旅を危ぶんだ。すると、助三郎の心のうちを察したのか、

「兄が一緒に行ってくれます。一度、わたしの店を見たいと申しておりましたので」

「ならば安心だな」

助三郎は足早に立ち去った。


「明日、払暁《ふつぎょう》に、鶴岡八幡にひそみます」

助三郎は宿に戻り、光圀と格之進に告げた。

八兵衛が簡潔に説明する。

「鶴岡八幡のまわりの茶店で確かめましたが、金吾さまご一行は、明日の朝五つ（午前八時）に太刀を奉納されるそうです。午前中いっぱいは、一般の参詣客は境内に足を踏み入れることができぬそうです」

「明日は、雪が降り積もっているであろうが……」

格之進が言った。

「なんの、雪くらい、ものの数ではありません」

助三郎は窓を開けた。

綿をちぎったような雪は、激しさを増していた。見る見る往来や商家の屋根瓦に降り積もっていく。

「たしかに。雪こそ幸いかもしれぬな」

格之進も勇みたつ。

「鶴岡八幡の境内を血で穢すことは心苦しいが、この雪が、われらの罪を金吾の悪行とともに流し去ってくれるだろう」

雪空を見あげつつ、光圀がつぶやいた。

七

明くる朝、いや、まだ夜が明けぬうちに、助三郎と格之進、それに八兵衛は、鶴岡八幡の源氏池の畔にある旗上弁天に向かった。

光圀は宿で待機している。さすがに、謀殺の実行に加わってもらうわけにはいかない。

万が一の謀殺失敗を想定し、助三郎と格之進は、水戸家を辞する旨を書面にして光圀に託した。格之進は、畠山重正と金吾党の悪行を弾劾《だんがい》する文も添えている。

助三郎と格之進は羽織を脱ぎ、黒地無紋の小袖に裁着け袴を穿き、刀のさげ緒で襷掛けにして、額に汗止めの鉢巻を施している。

三人とも、八兵衛が用意したかんじきを履いていた。

雪はやんでいるが、膝下にまで降り積もっていた。源氏池の水面は氷が張り、木々は雪で綿に包まれたようになっている。

朝五つとなり、一の鳥居付近が騒がしくなった。畠山の一行がやってきたようだ。

遠くからうかがうと、畠山は濃い紫の束帯に身を包み、頭には烏帽子《えぼし》を被っている。奉納する太刀を頭上高く、両手で持っていた。前後を、羽織、袴姿の金吾党が固めている。

助三郎と格之進、八兵衛は、ゆっくりと境内を移動した。

あらかじめ決めていたように、助三郎は大銀杏の陰にひそむ。

格之進と八兵衛は、舞殿の陰に隠れた。金吾党は白雪を踏みしめ、ゆっくりと本宮を目指している。

畠山の前を、佐川頼母、後ろを高遠が固めていた。みな、きりりと唇を引き結び、己が主の晴れ姿を誇らしげに取り囲んでいる。

一行を、格之進と八兵衛がやりすごした。そして足音を消し、一行の背後に忍び寄る。

と、一行の動きが止まった。

畠山が後ろを向いた。格之進が静かに抜刀する。

「おのれ、曲者《くせもの》！」

佐川の甲走《かんばし》った声が、無人の境内に響いた。畠山は悠然と立ち尽くしている。

高遠が小走りに、格之進の前に出た。

「何者、こちらを高家畠山右衛門督さまと存じての狼藉か」

格之進は低い声で、

「無論だ。金吾さまと金吾党に、天誅《てんちゅう》を加える」

そう告げると、畠山は哄笑をあげた。冷たい空気を凍りつかせるような、怪鳥のごとき響きだ。

「八幡神のご神前を血で穢すは心苦しいが、やむをえまい」

高遠が抜刀した。

「てえい」

格之進は、高遠に斬りかかった。

それを潮に、白刃が舞った。

八兵衛は金吾党の前に、撒き菱《びし》をばらまいた。金吾党の何人かの動きが止まった。

乱戦の最中、畠山は悠然と、石段をひとり進んでいく。太刀を捧げ持つその姿は典雅であり、雲間から差しこむ朝日を受け、眩《まぶ》しくもあった。

格之進と高遠は、激しい鍔《つば》迫《ぜ》り合いを演じていた。

八兵衛を狙って斬りかかる者もいた。八兵衛は鳥居に向かう。雪を踏みしめながらも、かんじきのおかげで動きは軽やかだ。対して敵は雪に足を取られ、焦りを募らせるばかりで動きは鈍い。

そこで高遠が羽織を脱ぎ捨てた。

「てえい」

鋭い気合とともに、格之進に突っこむ。しかし、八兵衛を追いかける者たち同様に草鞋《わらじ》履きとあって、動きは遅い。格之進は左右にかわし、高遠が疲れるのを待った。

だが、鋼《はがね》のように鍛えた高遠は、いっこうに疲れを見せない。

その間も、八兵衛は境内を縦横《じゅうおう》に走りまわる。白い息を吐きながら、いつしか平家池の畔に至った。

ここで八兵衛は敵に向き、からかうように、

「鬼さんこちら。手の鳴るほうへ」

と、両手を打ち鳴らした。

佐川の端正な面差しが、激しく歪んだ。

「おのれ！」

金吾党数人が、雪を蹴立てて向かってきた。

八兵衛は池に足を踏み入れた。薄く張った氷の上を飄々《ひょうひょう》と走り、池の対岸に向かう。佐川たちも勢いあまって、池に飛びおりた。

途端に氷が割れ、

「おお～」

悲鳴とともに、彼らは池に沈んだ。

真っ黒な水面が大きく波打ち、泥の底で冬眠をしていた鯉が顔を出した。

日輪が雲に閉ざされ、ふたたび雪が降りだす。

八兵衛は嘲笑を浴びせ、境内奥へと戻った。

依然、格之進と高遠は、鍔迫り合いを演じていた。どちらも引かない。

が、そのうち、格之進は背後に飛びのき、大刀を鞘に戻した。

一瞬、高遠は怪訝《けげん》な表情を浮かべたが、

「居合か」

と、口元をゆるめた。次いで、大上段に構える。格之進が腰を落とすと、高遠は怒濤《どとう》の勢いで大刀を振りおろした。

格之進はすばやくすり足で進み、大刀を横に一閃させた。血飛沫《ちしぶき》が跳ねあがった。直後に、高遠の鋼のような身体が白雪に沈んだ。

残るは、畠山だけだ。

格之進が確かめると、畠山の後ろ姿は、ひとり石段をのぼっていた。

「助さんが仕留めてくれるだろう」

格之進のつぶやきに、八兵衛は勝利を願うように両手を合わせた。


時が来たとばかりに、助三郎は大銀杏の陰から石段に飛びだした。

畠山は太刀を捧げ持ち、悠然とした所作でのぼってくるところだった。

助三郎の姿を見ると、

「やはり、おまえか」

ぴたりと足を止めた。

雪しまきが、ふたりを包みこんだ。

「金吾さま、お覚悟を」

「大野駿河守の差し金か……まあ、誰でもよいわ」

畠山は助三郎を無視して、悠然と石段をのぼっていこうとする。

最上段に至ったところで振り返り、助三郎を見おろした。太刀を左手に持ち、懐中から扇子を出して、舞をはじめた。

桜の花びらのような雪に降りこめられながら舞う姿は、現実離れした優雅さで、助三郎をして攻撃を逡巡《しゅんじゅん》させるほどだった。

ひとさし舞ったところで、扇子を放り投げ、畠山は太刀を抜き放った。

「きえい！」

怪鳥のような声を発し、大石段を駆けおりてくる。

この血に飢えた貴公子を剣で倒す、と助三郎はあらためて誓った。

大刀を抜き、畠山の太刀を受け止める。凄まじい斬戟だ。助三郎の身体が、石段に横転した。同時に畠山も勢いあまって、前のめりに倒れた。

ふたりはもつれあった。

そのまま転がり落ちながらも、ふたりは刃を交える。雪は激しさを増し、風も強い。動きが止まると同時に、ふたりは立ちあがった。吹雪のなか、畠山の身体は黒い影となっている。

助三郎は突きを繰りだした。畠山は太刀で払う。石段を転げるうちにどこかを傷つけたのか、その動きにいつもの典雅さがない。

が、その代わりに、所作に荒々しさが加わった。

ふたたび怪鳥のような叫び声をあげ、しゃにむに太刀を振るってくる。

助三郎は冷静に動きを見定め、受けに徹した。思いどおりに仕留められない助三郎に、畠山はじょじょに苛立ってきた。くるりと背を向け、大石段をふたたび駆けのぼる。助三郎も続いた。

大銀杏の横あたりで突然、畠山は足を止めた。助三郎を誘ったようだ。助三郎を見おろすと、太刀を大上段に構えた。

どうやら次の一撃で、仕留めるつもりらしい。

「覚悟!」

畠山が甲走った声を発した。

と、そのとき、横殴りの風が吹いた。大銀杏に積もっていた雪が、畠山の頭上に降りそそぐ。思わず畠山はよろめいた。

その隙を、助三郎は見逃さなかった。

石段を駆けあがり、

「鹿島新當佐々野流、鹿島灘渡り！」

叫びたてるや、助三郎は高々と跳躍した。

のぼる朝日を受け、助三郎の身体は弧を描き、畠山の両肩に達した。

呆気にとられたように、瞬時の間、畠山は動きを止めている。

助三郎は蜻蛉《とんぼ》を切ると同時に、大刀を横に一閃させた。首筋から鮮血を飛び散らせながら、畠山は石段を転げ落ちた。

「金吾さま、安らかに眠られよ」

転げ落ちる畠山をよそに、伽羅の残り香があたりに漂っていた。

役目を果たしたところで、光圀が姿を見せた。裃《かみしも》に威儀を正した武士と一緒だ。

「老中、大野駿河守じゃ」

と、紹介する。

助三郎はお辞儀をした。大野は助三郎には一瞥もくれず、境内を見まわした。無視されたようでむっとしたが、殺しを賞賛されても気が引ける。面《おもて》を伏せながら後ずさり、光圀と大野から距離を取った。

大野忠義は四十前後の働き盛り、御家の財政が傾いても老中を志したとあって、いかにも切れ者そうな面差しだ。

畠山重正や金吾党が、たしかに成敗されたのを見届け、

「御老公、まことにありがとうございます。公儀の面目が立ちました。このあとの始末は、責任をもって拙者がいたします」

深々と腰を折り、大野は礼を述べたてた。

「副将軍として役に立てて嬉しいぞ」

光圀は呵々大笑した。

副将軍などという官職はありませぬ、というよけいなひとことを、助三郎は胸のうちで投げかけた。

後日、畠山重正が鎌倉への道中、急な病で客死《かくし》したと発表された。

弟の死に悲観したお染の方は体調を崩し、これまた病死したという。お染の方の死にお信がかかわっているのか、助三郎は格之進にあえて聞かなかった。

高家畠山家に跡継ぎはなく、断絶した。

役目を終えたものの、助三郎はなんとも殺伐とした気分に包まれていた。

唯一《ゆいいつ》の救いは、お凛が茶店に戻り、ほがらかに店を切り盛りしていることだ。

格之進とお凜がなにを話しあったのか、助三郎は聞いてないし、知ろうとも思わなかった。

ともかく近々、格之進はお凜を、芝居見物に連れていくらしい。

第三話　神君の掛け軸

一

元禄八年（一六九五年）正月二十日、お屠蘇《とそ》気分が抜け、あいにくと朝から雨が降り、吹く風は冷たく薄ら寒い花冷えの日であった。

正月の儀式、典礼が落ち着き、佐々野助三郎と水戸光圀は外出をした。

今回はお忍びではなく、藩邸から駕籠を仕立てての堂々たる外出だ。ただし、おおげさな警固はせず、駕籠を担ぐ者以外は助三郎が従っているにすぎない。

やってきたのは、永田町《ながたちょう》横丁通りに面した大名小路の一角にある、相模国厚木《さがみのくにあつぎ》藩《はん》の上屋敷である。五万石の大名を示す、両番所付の長屋門をかまえた五千坪の屋敷だ。藩主の相沢壱岐守昌康《あいざわいきのかみまさやす》は、数え二十六の青年大名であった。

昌康は昨年の秋、前藩主の昌久《まさひさ》危篤にともない、分家から急遽養子に入り、昌久死去により藩主となった。

羽織、袴の助三郎に対して、光圀は紫の小袖に仙台平の袴、袖無羽織、宗匠頭《そうしょうず》巾《きん》を被るといったお忍び用の装いだ。助三郎が番士に素性を告げると、丁寧な挨拶を受け、門が開かれた。

蛇の目傘を差しながら雨に煙る御殿を見あげていると、ぴりりとした緊張と期待がこみあげてくる。

雨とあって湿った空気が漂っていたが、御殿玄関まで伸びた石畳にはごみひとつ落ちておらず、光圀を歓迎してくれているようだ。

案内の侍にともなわれ、御殿の玄関に至った。

駕籠からおり、畏れ入る侍に、

「苦しゅうない。忍びじゃ」

と、光圀は語りかけた。

他にひとけはなく、屋根を打つ雨音がやたらと耳につく。無言で侍の後ろをついていく。鏡のように磨き抜かれた廊下は、慣れない白足袋を穿《は》いているため、足を滑らせそうだ。幾度も折れ、閉ざされた襖の先で、座敷に通された。

「しばし、お待ちくださ い」

丁寧にお辞儀をして、案内の侍は去った。

坪庭に面した座敷である。

部屋の隅々には火鉢が置かれ、ほどよく温まっていた。清潔に保たれた十畳間だった。上段の間や違い棚が設けられた書院造りである。しばらく待っていると、廊下を足音が近づいてくる。

足音が止まり、咳払いがした。

助三郎は居ずまいを正した。身が引きしまる。

「御免」

障子が開き、初老の侍が入ってきて光圀に平伏した。

「相沢家、江戸留守居役・岩田《いわた》勘三郎《かんざぶろう》と申します。本日はわざわざのお越し、まことにありがとうございます」

酒の飲みすぎなのか、岩田は渋柿のような顔色をしていた。

「かねてより、相沢家に伝わる掛け軸を見たいと思っておった。喜んで招かれたぞ」

光圀は鷹揚に返した。

「では、暫時お待ちくださりませ」

岩田は無表情に言うと座敷から出ていった。岩田の足音が聞こえなくなったところで、助三郎は膝を崩した。が、すぐに奥女中たちがお茶と菓子を運んできたため、あわてて居住まいを正した。

お茶に分厚く切った羊羹が添えられた。

さっそく光圀はむしゃむしゃと羊羹を食べ終え、恨めしげな視線を助三郎の羊羹に向けてきた。

「歳をとると、童のころに戻ると言います。たしかに、童は菓子が大好きですからな。どうぞ」

助三郎は膳の羊羹を、光圀の前に置いた。

「そなたは、ひとこと多いのう……」

むくれて光圀は、いらぬと羊羹を押しやった。

「これは失礼しました。御老公の若さを誉めたつもりだったのです。けっして消渇病《しょうかちびょう》を心配してではありませぬ」

助三郎はあっけらかんと返すと、「召しあがらないのでしたら」と羊羹を引き取った。

障子越しに、女たちの会話が聞こえる。どうやら雨があがったようだ。

障子を開けてみると、雪が花を散らしていた。濡れた地面や廊下に、雨露を含んだ花弁が散っている。掃除しようと、女中たちが奮闘していた。

雲が切れ、日が差してきた。雨で濡れた寒椿の花が、しとやかに輝いている。やることもなく花を眺めていると、女中が怪訝《けげん》な顔を向けきた。

「壱岐守さまのお招きにあずかった、水戸家の佐々野助三郎です。どうぞ、よしなに」

笑顔とともに明るい声を放ったが、女中たちは困ったような顔で頭をさげるだけで、みな助三郎を避けるように掃除の手を休めない。なおも話しかけようとしたが、慣れ慣れしい態度で接するのもよくないか、と口を閉ざした。

そこで、岩田が顔をしかめながら、ふたたび廊下を歩いてきた。

「殿がまいられます」

助三郎はすばやく書院に身を入れ、光圀に相沢昌康の来訪を告げると、正座をした。ほどなく、裃《かみしも》に威儀を正し、小姓《こしょう》をともなった藩主・相沢昌康が入ってきた。すかさず、助三郎は平伏する。光圀の前に、昌康が着座した。

「昌康殿、本日はよろしく頼みますぞ。伴の者は、佐々野助三郎と申す。彰考館の館員ながら無教養ゆえ、書画、骨董の類《たぐい》はわからぬ。失礼な所業をするかもしれぬが、気になさらぬように」

　光圀らしい辛辣な言葉で紹介される。昌康に視線を投げかけられ、助三郎は恥ずかしさでうつむいた。品のあるやわらかな面差しである。蒼白い肌に、鼻筋の通った美しい顔立ちだ。聡明だと聞いていたが、どうやら本当のようだ。

　昌康は光圀に向き直り、

「御老中、大野駿河守殿が五日後にまいられます。御老公と同じく、当家伝来の宝、東照大権現《とうしょうだいごんげん》さまご直筆の掛け軸を、ぜひご覧になりたい、と」

「五日後か……」

　光圀はつぶやいた。

「茶を一服喫《きっ》するだけだ、気遣いは無用、と申し越されましたが……」

　昌康は視線を凝らした。

　大野忠義に対するもてなしについて迷っているようだ。

「本人が申しておるのだ。気にすることはない」

　光圀が笑みを浮かべると、

「いささかの土産を用意いたさぬことには……」

　なおも岩田が言葉を添える。

「光圀は掛け軸を鑑賞し、茶を一杯飲んで帰った、と申すがよかろう」

たしかに、光圀がその待遇だったのであれば、大野忠義にそれ以上の歓待は必要なくなるだろう。無理に光圀以上の接待を求めれば、よけいな角も立つ。

そこで助三郎が、

「すみませぬ、掛け軸とは……」

と、疑問を差しはさんだ。

光圀が顔をしかめる。説明したところでおまえに価値などわかりはしない、と言いたいようだ。

昌康は誠実な親切な人柄のようで、話してくれた。

「畏れ多くも神君家康《いえやす》公が、御みずから筆をとられた水墨画の掛け軸なのだ。神君の鷹と呼ばれておる。その掛け軸には、鷹、富士の山、そして茄子が描かれておってな。三つの絵柄を代表して神君の鷹と呼ばれておるが、一富士、二鷹、三茄子《なすび》……つまり初夢に見ると縁起のよいものを家康公が描いてくださったのじゃ。相沢家の藩祖、昌道《まさみち》公は、大坂夏の陣において獅子《しし》奮迅《ふんじん》の働きをしたのでな」

大坂夏の陣において有名な真田《さなだ》幸村《ゆきむら》の奇襲で、本陣は混乱、家康は危うく討死を遂げるまでに追いつめられた。その際に昌道は先頭に立って真田勢に横槍を入れ、家康逃走の時を稼いだのだった。

この功により、上野国で二万石の小大名であった相沢家は加増され、相模に五万石の領知と、家康みずからの筆による掛け軸を下賜《かし》されたという。

「助三郎、そなたも見てみたいであろう」

光圀に声をかけられ、

「はい、ぜひ拝見したいものです」

光圀から書画骨董に無縁とくさされた助三郎が興味を示したことで、昌康は気をよくしたようだ。

「では、さっそく御老公にお目にかけよ」

岩田にそう命じると、

「承知つかまつりました。これへ運ばせます」

廊下に出た岩田が、神君の掛け軸を持ってくるよう配下に伝えた。

掛け軸が届けられる間、光圀が家康について語った。

「神君家康公はことのほか、鷹を愛でておられたとのことじゃ。若かりしころから晩年に至るまで、鷹狩りを好まれた。鷹狩りは戦《いくさ》の演習にもなるし、身体を鍛えられる。大御所として晩年を過ごされた駿府《すんぷ》は、富士の山が間近で見えてのう。

贅沢な食事は好まず、好き嫌いをなさらず、粗食を貫いた家康公であられたが、茄子は好物であったという。天下のために粉骨砕身なさった家康公の贅沢が、なんと茄子であった。まことと武士たる者、政《まつりごと》を成す者はかくありたいものじゃ」

もっともらしい顔で語り終えると、光圀は助三郎の厚切り羊羹を、美味そうに食べた。家康の粗食をたたえながら嗜好品の極みと言える羊羹を食するとは、舌の根も乾かぬうちに……と思ったが、神妙な顔で聞いていた昌康の手前、黙っていた。

そろそろ運ばれてくるかと思ったが、まだのようだ。昌康は光圀を待たせることに気を遣ったのか、

「まことと、すばらしき出来栄えにございます」

いかにすばらしい家宝かを、言葉を尽くして話した。

光圀はうなずきながら、

「百聞は一見にしかず、じゃ」

と、待ち遠しそうに首を伸ばしていた。

二

しかし、四半刻が過ぎようとしたが、いっこうに掛け軸は運ばれてこない。光圀は苛立ちで、頬を強張らせた。昌康が言葉をかけても生返事をするばかりだ。

とうとう助三郎に、

「掛け軸を取ってまいれ」

と、命じたものの、

「所在がわかりませぬ」

助三郎に返され、光圀はしぶしぶ引きさがった。

そこで廊下を足音が近づき、岩田を呼ぶ声がした。岩田が昌康に頭をさげ、書院を出た。襖越しに、やりとりが聞こえた。

「……なんじゃと、もっとよく探せ」

岩田はあわてている様子だ。

「いかがしたのじゃ」

昌康はたまりかねたように廊下に出た。襖が開け放たれ、岩田が唇を震わせているのが見える。

「掛け軸が紛失した、とのことにございます」

岩田の返答に、昌康は口を真一文字に結んだ。

昌康が言葉を発する前に、

「探せ、もっと、徹底的にじゃ」

岩田は声を上ずらせた。

思わぬ異変に、光圀が助三郎に目配せをする。

昌康は思案するように顎を引き、岩田はうつむいている。

重苦しい空気が漂った。

光圀が、

「まことなくなったのか」

問いかけると、

「何度も宝物庫を捜しましたが……」

消え入るような声で、岩田が返事をした。

「ならば、中屋敷、下屋敷に移したのではないか。あるいは、国許に保管してありはしないのか」

なおも光圀が確かめると、

「畏れながら、上屋敷の宝物庫に納めてあったのは間違いありませぬ」

岩田は言い張った。

困った、と昌康は苦悩に眉間を寄せた。

ここで岩田が、

「まことに畏れ多いことではございますが……天下の副将軍さま、お助けいただけませぬか」

と、訴えてきた。

天下の副将軍と頼られ、光圀は満更でもなさそうな顔で助三郎を見た。目で、承知せよ、と命じている。

しかし、手助けするもなにも、どうすることもできない。気づかないふりをしていると、光圀は空咳をして、助三郎をうながした。

しかたなく、内心でため息をつき、

「畏れながら、わたくしにお任せください」

助三郎は買って出たものの、言葉に力が入らない。なにしろ、具体的な方策があるわけではないのだ。だいいち、その掛け軸を見たこともない。

それなのに、

「いかにするのじゃ」

光圀は問いかけてきた。

つくづく意地の悪い爺だ、と内心で毒づき、

「御家の事情でどこかに迷いこんでるのであれば、どうにもできませぬ。ですが、もしも不逞《ふてい》の輩《やから》によって掛け軸が盗みだされたのであれば、かならずや探しだしてみせましょう」

口に出してから後悔が胸を過ぎったが、もう遅い。

――せいぜい、大事な役目を仰せつかったことを喜ぶとするか……。

そんな助三郎の皮肉な決意など知る由もなく、

「佐々野、すまぬが頼む」

昌康は肩の荷がおりたのか、強張った表情をゆるめていた。

「では探索は助三郎に任せるとして、その掛け軸がどのような図柄であったのか、まずは説明してもらおうか」

光圀は話をうながすと、

「畏れ入りますが、拙者が示したいと存じます」

岩田の申し出に、昌康はすかさず言葉を添えた。

「岩田は手先が器用でございまして、絵に関して玄人《くろうと》はだしでございます」

「それは都合がよい。ならば、さっそくに描いてみよ」

光圀に命じられ、文机と絵筆、美濃紙《みのがみ》が運びこまれてきた。

途端に、岩田の目が生き生きと輝く。絵を描くことが嬉しくてならないようだ。

筆の運びもあざやかに、まずは富士が描かれ、次に鷹が舞っている情景が浮かびあがった。また、たわわに実った茄子も描かれた。

「見事であるな」

光圀が賞賛した。神君の鷹に対する賞賛もあるのだろうが、岩田の絵の技量を誉めたのもあるだろう。岩田は膝で光圀ににじり寄り、絵を捧げた。

「これが絵柄か。しかと相違ないな」

「間違いございません」

「ならば助三郎。その絵を探索に役立てよ」

威厳をこめ、光圀は命じた。

「承知いたしました」

絵に視線を凝らしてみると、あたかも富士の裾野で鷹狩りをしたり、茄子に舌鼓《したつづみ》を打つ徳川家康の姿が、浮かんでくるようだった。

だが、図柄はこのとおりだとしても、実際の絵の出来栄えがどのようなものなのかはわからない。絵の出来がどのようなものであれ、家康が描いたことに値打ちがあるのだろう。

「よし、さがってよい」

昌康に命じられ、岩田は書院から出ていった。

「御老公、面倒なことに巻きこんでしまって、申しわけございませぬ」

昌康は蒼白い顔で両手をついた。

「いや、天下の副将軍として当然のことじゃ」

鷹揚に光圀は答えた。

光圀は助三郎に視線を転じ、

「佐々野が引き受けると申した以上、しかと役目を成就する。佐々野は家中きってのお調子者であるが、動きがよいのが長所である。即座に引き受けたのは軽率であるが、しっかりとした働きをするであろう」

まるで、助三郎が勝手に引き受けた、と言わんばかりであった。

「お引き受けしたからには、なんとしても探しだしましょう」

あまり心のこもってない言葉で助三郎が応じると、

「たかだか、掛け軸ごときで……」

悔しそうに、昌康は唇を噛んだ。

「いえ、もちろん掛け軸をご覧いただくことができず、御老公にも申しわけなく思っております。ですが、五日後の大野殿は、謝るだけでは済まないかもしれませぬ。神君の掛け軸が盗みだされるなど言語道断……そんな口実をもとに、かならずや当家の落ち度を糾弾されるでしょう」

絞りだすように、昌康が言葉を発した。

そこで助三郎は、おやっとなった。大野駿河守忠義は、光圀が見こんだほどの、公明正大な政をおこなう老中である。

将軍綱吉の御台所をはばかり、妙行寺弾劾《だんがい》には二の足を踏んだものの、畠山重正と金吾党退治には積極的であった。そんな大野が、大名に嫌がらせや無理難題を吹っかけるだろうか。

大野は御家の台所が傾いてまで、老中職を欲した。

幕政への情熱を感じさせる話が、勘繰ってみれば、老中となって莫大な賄賂が入り、実績をあげれば加増も期待できる。

将軍綱吉に気に入られれば、柳沢出羽守保明のように大幅な加増が可能かもしれない。柳沢は、綱吉が将軍後継になって江戸城に入ったとき、幕臣として八百三十石であったが、加増や累進を続け、いまや武蔵国川越藩《むさしのくにかわごえはん》七万二千石の大名である。

柳沢は綱吉が館林《たてばやし》藩主であったころ、小姓として仕えていた、いわゆる側近中の側近ゆえ、信頼が厚い。

対して大野は、柳沢のように綱吉との絆《きずな》があるわけではない。気に入られるには、幕政で実績をあげることだ。

その点、大名の改易、減封は、わかりやすい実績であろう。

大野の名前が出て、光圀も顔を曇らせている。前回の件で、大野へ不審を抱いているのかもしれない。

「いかにする」

光圀に問われたが、すぐに妙案が浮かぶはずもなく、

「まずは、骨董屋を徹底的にあたりとうございます」

と、凡庸な答えしか返せなかった。

昌康も思案がつかないのか、視線を泳がせている。

「かならず、見つけだします」

自分を叱咤するように、ふたたび決意を言葉にした。


翌日、助三郎は黒紋付の羽織、仙台平の袴を身につけ、大小を落とし差しにして、神田三河町《みかわちょう》の骨董屋永田屋《ながたや》にやってきた。

厚木藩出入りの骨董屋である。間口五間の店先には、仏像や掛け軸、壺といった骨董品が並べられているが、どれもそれほど値打ち物には見えない。

それはそうであろう。店先になど置いておいたら、どうぞ盗んでくださいと言っているようなものだ。

店先ではたきを掛けている丁稚《でっち》に素性を告げると、すぐに奥に通された。

「永田屋喜兵衛《きへえ》でございます」

と、挨拶に出てきた男は、三十路《みそじ》なかばの働き盛り。苦みばしった精悍な顔つきをしている。縞柄の小袖に黒紋付の羽織を重ね、落ち着いた風情で、助三郎を客間に案内した。

骨董屋の客間といっても、値打ちのあるような代物はないようだった。ごく平凡な、水墨画の掛け軸や瀬戸物の壺が置かれているだけだ。

もちろん、素人《しろうと》の助三郎が感じたことなので、とんでもない値打ち物である可能性もなくはない。

「わたしは、昨日より江戸藩邸に出仕した、佐々野助三郎と申す。本日まいったのは……」

素性を、厚木藩相沢家と偽り、懐中から岩田に描いてもらった神君掛け軸の絵柄を取りだした。

「存じておると思うが」

「権現さま御直筆の掛け軸でございますな」

喜兵衛の目は鋭くなった。

「いかにも」

「その掛け軸がいかがされたのです……」

「この値、いかほどか」

「いかほどと、申されましても……」

「ざっとでよい。いかほどじゃ」

「さようにございますな。なにせ、権現さまの御直筆でございます。千両はくだるまいと存じますが……」

「千両となー!」

驚きの声をあげてから、考えてみれば千両でも安いという気がした。この掛け軸が厚木藩の行方を握るかもしれないのだ。そう思えば、千両は安いと言えるかもしれない。

「いえ、手前が勝手に申したまでにございます。場合によりましては、たとえば、好事家《こうずか》の方々からすれば、三千両、いえ、場合によりましては一万両の声がかかったとしても、不思議はございませんな」

「それは、そうであろうな」

いまさらながら、事の重大さが胸にのしかかってくる。

「それで、本日まいられましたのは、この権現さま掛け軸にかかわることなのでございますか」

喜兵衛は目に好奇の色を浮かべた。

「じつはな、くれぐれも内密に願いたいのだが」

助三郎は頰を強張らせ、念押しをした。

「手前は五代にわたって、相沢さまの御用を承っております」

「そうであったな。わかった。信じよう。じつはな、神君の掛け軸が盗みだされたのだ」

さすがに喜兵衛も、驚きに目を丸くした。

「それは、また……一大事にございますな」

声が上ずっている。喉が渇いたのか茶を口に含んだ。

「一大事だ。おまけに、その掛け軸をご覧になりたいと、御老中の大野駿河守さまが四日後に当家にまいられる」

「それはまた、時期が悪うございますな」

「それでだ、神君の掛け軸を探さなければならん。だから、知っているかぎりで、いわくつきの骨董屋を教えてほしいのだ」

「そのような逸品《いっぴん》を扱う骨董屋となりますと……しかも、出所が出所ですからね。おいそれとは扱えないでしょうな」

喜兵衛は思案するように、眉間に皺を刻んだ。

「頼む、御家の存亡がかかっている」

身分を偽ってはいるものの、おおげさな言葉とは思わなかった。

「手前も相沢さまにはお世話になっております」

喜兵衛は「お待ちください」と腰をあげ、部屋から出ていった。少しばかり時

が過ぎてから戻ってきて、

「これらですが」

書付を示した。骨董屋が十軒ばかり書き連ねてある。

「すまぬ。これらをあたってみる」

喜兵衛はおずおずと、

「ですが……」

依然として冴えない顔であった。

「いかがした。はっきり申してくれ」

「こんなことを申してはなんですが、このような大それた宝物となりますと、取り扱いもそれなりに慎重になります。おそらく、表立って取り扱っている骨董屋はございますまい」

「そうであろうな。闇取引というものか」

「おそらく、ひそかに高値で取引されることでしょう」

「あたってみれば、なんらかの手がかりが得られるかもしれん」

「それはそうかもしれません。これほどのお宝なのですからね、どこかの骨董屋に持ちこまれたなら、隠していても噂になるでしょう」

「この際だ。どんな手掛かりでもほしい」

小さく頭をさげ、腰をあげた助三郎に、

「佐々野さま、出仕早々、大変な役目を担われましたな」

喜兵衛は、同情とも値踏みともつかない表情をした。

三

永田屋を出ると、書付を広げた。ため息が漏れる。

これだけの骨董屋を洗うとなると、大仕事である。

幸いと言うべきか、江戸中に点在しているわけではなく、神田に四軒、上野に三軒、浅草に三軒といった具合に集中していた。これなら、日が暮れるまでにまわれるかもしれない。

喜兵衛は江戸に不慣れであろう助三郎を気遣ったのか、手代《てだい》をひとりつけてくれた。

が、足を棒にして歩きまわったものの、さっぱり手がかりはつかめなかった。

喜兵衛が言ったように闇取引をされているのか、それとも大野駿河守が企てたことなのか。途方に暮れる思いで、ふたたび永田屋を訪ねた。

「無駄だった」

疲れきってうなだれると、喜兵衛はあたりをはばかるように声をひそめ、

「いっそのこと、贋物をこしらえたらどうです」

助三郎は眉根を寄せた。神君家康直筆の掛け軸を偽装か……だがもし、それが露見したらただでは済まない。しかし、ほかに妙案が浮かばないことも事実だ。

助三郎の迷いを察したように、

「贋物を仕立てる名人がおるのです」

「名人……」

「なにを隠そう、お大名がらみの仕事も、いくつか受けた男でございます」

江戸は広い、と思った。国許と違って、さまざまな職があるとは聞いていたが、贋作屋がいるとは……。

半信半疑の表情を浮かべる助三郎を慮《おもんぱか》ってか、喜兵衛は説明を加えた。

「お大名の屋敷は、案外と盗人が入るのです。思いのほか、警護がゆるいからです。なにせ、御公儀の目がございますからね、あんまりにも警護を厳重にしますと、謀反を企んでいる、などと勘繰られたりしますから」

「なるほどな」

「そういうことですから、盗人にとっては案外と忍びこみやすいのでございます。それに、盗みに入られたなどと、お大名は町奉行所に訴えませんしね。そんなことをしましたら、御家の体面にかかわります。たいていは盗まれても黙っていますが、金は諦めるとしても、それでは済まぬ品物もございます。先祖代々受けつがれた掛け軸とか、刀とか鎧《よろい》とかですな」

「つまり、盗まれた物を取り繕うために、贋物で間に合わせるということか」

「いかにも、そういうことです」

「それは……いけるかもしれんな」

喜兵衛はにんまりとした。

「だが、値が張るであろう」

「さあて、値のことは、わたしにはさっぱりわかりません。言い値でございましようね」

「足元を見られるか」

「そこは覚悟しといたほうがよいでしょう。まあ、本物までの値がつくことはないでしょうが、その半分、いや、そこまでいかないか。十分の一……いや、正直なところ、わかりませんな」

　喜兵衛は首をひねり、うなった。

　本物が一万両として、十分の一でも千両だ。だが、藩の存亡がかかっているのだ。

「わかった」

「なら、行かれますか。手前が紹介いたしましょう」

「一応、藩邸に戻って了解を取らねば」

　いくらなんでも、家康直筆の掛け軸を偽造するとあっては、独断というわけにはいかない。


　助三郎は厚木藩邸を訪れ、昌康に面談を求めた。書院で、岩田も同席した。まずは骨董屋探索のことを報告すると、

「もしやするとこれは、大野さまの差し金かもしれませぬな」

　顔をしかめつつ、岩田が言った。

　対する昌康も、思いあたるところがあるのか、苦い顔で答えた。

「ふん、大野め……本日お城で、茶会を楽しみにしている、ようやく神君の掛け

軸が拝見できる、などと申しておったわ。こちらを挑発し、反応を楽しんでいるのやもしれぬ」

「もし本当に大野さまの仕業であれば、なんとも汚いことをなさる。しかし、それを咎めだてる証《あかし》はなし」

岩田は苦渋に満ちた顔をした。

「そこで、でございます」

主従の会話に割りこんだ助三郎は、心持ち身を乗りだした。

「妙案がありそうだな」

昌康が目を光らせる。

「じつは、掛け軸を偽造しようと思っております」

「そのような、大それたことを……」

すぐさま、岩田はかぶりを振った。だが、昌康は目をつむり、やや思案すると、

「それしかないか」

「しかし……」

なおも反対の様子の岩田に、昌康は諭すように言った。

「ほかに案はないのだ。それで凌《しの》ぐほかあるまい。それとも、そのほうに妙案が

あると申すか」

「いえ、それは……」

岩田は渋い顔をするばかりだ。

「佐々野、取り急ぎ手配りいたせ」

「承知つかまつりました」

すると、岩田が心配そうな顔で、

「値はどれほど必要か」

「見当もつきませんが、千両箱ひとつくらいは心積もりくだされ」

明朗に告げると、部屋を出た。背中で、岩田の漏らしたため息を聞いた。

次の朝、喜兵衛の案内で、神田鍛冶町《かじちょう》に住む偽造屋峰吉《みねきち》を聞いた。峰吉は鍛冶町の横丁を入った、しもた屋に住んでいた。

喜兵衛が格子戸を叩き、

「永田屋だ」

しばらくして、

「旦那ですか、どうぞ入ってください」

しわがれた声がした。

格子戸を開けると、土間を隔《へだ》てて、小あがりになった六畳と四畳半の座敷は襖が取り払われ、ひとつの部屋になっていた。絵や彫刻の道具が転がり、所せましと骨董品が並べられている。

峰吉は鼈甲《べっこう》の眼鏡をかけ、骨董のなかに埋もれるように座っていた。小柄な老人である。髪は白く、無精髭も真っ白だ。眼鏡越しに、小さな梅干しのような目をしょぼつかせていた。

喜兵衛は峰吉の了解を得ることもなく、部屋にあがった。助三郎も、雑然とした座敷に足を取られないように見まわしながら腰をおろした。

「峰吉さん、仕事の依頼だよ。裏技のね。こちら相模厚木藩の助三郎さまだ」

峰吉の小さな目が光を帯びた。

「ほう、そうか」

舌舐めずりせんばかりだ。喜兵衛は助三郎を目でうながした。

「これだ、これを造作してもらいたい」

神君の鷹の絵柄を見せた。峰吉はニヤリとし、

「権現さまの鷹かい」

どきりとした。

「ご老人、知っているのか」

「お侍、厚木藩のほうだって聞きましたんでね。厚木藩と言やあ、権現さまの鷹だ」

峰吉は妙な唸《うな》り声をあげた。それが唸り声ではなく、笑い声だと気づくには、多少の時を要した。前歯が抜けているため、すうすうと笑いが抜けているのだ。笑い声といいその表情といい、なんとも奇妙な老人だが、その洞察力には感心せざるをえない。職人としてのたしかな腕、技量を感じさせる。

「では話が早い。ご老人には……」

助三郎がそこまで切りだしたところで、

「お侍、いや、佐々野さま、老人はやめてくれ。峰吉って名前があるんだ。峰吉って呼んでもらいたいね」

峰吉は前歯のない口を開けた。

その率直な物言いで、助三郎の胸を、心地よい風が吹き抜けた。気疲れから胸に溜まっていた澱《おり》のような物が、あたかも取り払われるようだ。

峰吉は嬉しそうな顔を喜兵衛に向け、茶を淹れてくれ、と頼んだ。喜兵衛は気軽に応じた。

「峰吉、権現さまの鷹の掛け軸、おまえの裏技で再現してくれ。わけは聞かないでもらいたい」

「ああ、そんな野暮なことは聞きっこなしだ。こちとら、そんな仕事ばっかり請け負っているんでね。口が堅いことが自慢よ」

「引き受けてくれるか」

「喜んで。権現さまの鷹を造作できるとは、裏技冥利に尽きるぜ」

「いやあ、助かった」

助三郎が破顔をしたところで、喜兵衛は盆に茶碗を持ってきた。だが茶ではない。酒だ。

峰吉はひと息に飲み干し、目を細めた。歯が抜けた口とは正反対の鋭さを帯びていた。

「三日でやってもらいたいのだ」

助三郎は、さすがに酒に手をつけない。すると、峰吉が助三郎の茶碗にまで手を伸ばしてきて、

「三日か」

思案するようにひとりごちた。

「なんとか頼む」

軽く頭をさげた。峰吉は酒をあおり、

「わかりやした。三日後の朝、取りにきてください」

「いやあ、ようございましたね」

喜兵衛は安堵の表情になった。もはや、一件落着したとでも思っているようだ。

「ところで、値のことだが」

肝心のことが決まっていないため、助三郎は安心できず厳しい顔のままである。

「そうさなあ」

峰吉は腕組みをした。

「格安でお願いするよ」

喜兵衛が口をはさんだ。

「五十両」

思いのほか安いものだった。

「わかった。五十両だな」

助三郎の顔から笑みがこぼれた。

「ああ、それでいいよ。それと、美味い酒でもつけてくれればな」

峰吉はにんまりとした。

「すまないね。酒はわたしが用意しよう。灘の清酒の角樽《つのだる》をね」

喜兵衛も礼を言った。

「ならば、三日後の朝、取りにまいる」

助三郎は腰をあげ、喜兵衛も立った。だが、峰吉は返事をしない。じっと天井を見あげ、視線を凝らしている。きっと、仕事の段取りを考えているのであろう。その姿に職人魂を感じ、助三郎は満足した。

ふと助三郎は思いいたったことがあり、峰吉のそばに寄ると、耳元でなにやらささやいた。

「そりゃまあ、できないことはねぇですが」

不審げな顔をする峰吉に、

「頼むよ。銘酒《めいしゅ》の代わりとでも思ってくれ」

助三郎が拝むように言った。明確な考えがあったわけではないが、ある種の予感に従ったままでだ。

天窓から、うららかな日差しが差しこんでいる。安堵したためか、ひと足早い春めいた空気を吸えば吸うほど、胸が清らかになるようだった。

四

厚木藩邸に戻り、岩田に面談した。

「贋作の段取り、整いました」

だが、贋作者とだけ言い、峰吉の名前と所在は伏せておいた。岩田は神妙な顔で聞いたあと、

「して、値は?」

と、探りを入れるような目をした。

「いやあ、それがですね」

ふと、岩田を脅かしてやろうという悪戯心が浮かんだ。果たして、岩田の顔はどんどん曇ってゆく。

「法外な値でござるか」

「はあ……まあ、いくら贋作と申しても、神君家康公の絵ですからな」

助三郎は勿体をつけるように腕組みをした。

岩田はごくりと生唾を飲みこむと、

「千両か、二千両か、それとも……」

岩田が言葉を詰まらせたところで、助三郎は片手を広げ、思わせぶりな顔で岩田の眼前に突きだした。岩田は息を飲み、

「ま、まさか、五千両……でござるか」

と、大きく目を開いた。助三郎はこみあげる笑いを飲みこみ、

「五十両でございます」

「………」

目を点にしていた岩田が、ふっと肩の力を抜き、

「そうか、五十両でござるか」

と、息を吐いた。

「そうです。五十両です。三日後の朝、五十両と引き換えに贋物を受け取ることになりました」

「わかった。なんとかいたします」

予想外の安値にほっとしてか、逆に岩田は重々しい声を出した。

「お願い申しあげます」

「ふむ、それくらいなら、勘定方にいちいち事情を話さなくとも、なんとでもできます。いやあ、案外と出費をおさえられてよかった。佐々野殿、まことに感謝申しあげます」

岩田は頰を綻《ほころ》ばせた。

「よかったかどうかは、大野さまの訪問が済んでみないことには」

助三郎は釘を刺した。

「それは、そうですな」

岩田は表情を引きしめた。

「では、壱岐守さまには、岩田殿よりご報告くだされ」

「殿は佐々野殿を信頼しておられる」

岩田の物言いには、多少のやっかみが感じ取れた。

「ご期待に応えられるよう努めます」

よけいな長居は無用と、助三郎は静かに部屋を出た。

翌朝、助三郎が彰考館に出仕すると、光圀に呼ばれた。庭に設けられた入母屋《いりもや》造《づく》りの茶室を指定される。

八畳の茶室に、十畳の座敷が隣接していた。にじり口から身を入れると、茶釜がぐつぐつと煮えたぎり、部屋はほどよく温まっていた。光圀は茶釜の前で正座し、落ち着いた所作で茶を点てていた。

その身のこなしは、さすがに典雅だ。流れるような所作で茶が置かれ、

「頂戴いたします」

助三郎は白天目《しろてんもく》の茶碗を手に取った。茶の作法は書物でひととおりは知っている。しかし、実際に茶席に出るのは初めてだ。飲み干す手つきはぎこちない。それでも、まろやかな味わいが口中に広がり、心がなごんだ。

「けっこうなお点前にございました」

自然と口から定番の言葉が出た。

「わけ知り顔で申さずともよい」

光圀は失笑した。

「ところで、今回の一件、まこと大野の仕業と思うか」

茶室は瞬時にして、生臭い空気に包まれた。

「もし、大野さまが本当に外様《とざま》大名の改易を狙っているのだとすれば、偶然にしては出来すぎでしょう。なんらかの企みがあってもおかしくないかと」

「やはり狙いは、相沢家の改易であろうかのう」

「おそらくは……」

「しかし、掛け軸ごとき……いや、いくら神君家康公御直筆の掛け軸とて、それを紛失したことくらいで、大名家を改易になどできるものかな。それを無理に押し通すとなれば、よほどに強引な手口になろう」

光圀は首を傾げた。

「改易まではできずとも、減封のうえ転封にならできましょう」

助三郎は静かに返した
「転封か、いずこであろうな」

それならありそうだ、と光圀は納得した。

「さて、そこまでは判断しかねますが」

「いずれにしても、相沢家に無理難題をふっかける口実にはなる。だが、そこまでして相沢家を追いこみたいのは、大野に相沢家への遺恨があるのだろうか。それとも、相沢家にこだわらず、さまざまな大名を減封に追いこむことで、自分の地位を高めたいのか」

光圀は自分に茶を点てた。

「しかし、贋作がうまくいけば、大野さまがどのような企てを考えておいでであろうと、気にする必要はございません」

助三郎は声を励ました。

「で、あるが」

茶を飲み干した光圀は、まるで苦い味わいかのように口を歪めた。

「ご心配にございますか」

「少々な……わしは、大野忠義という男を見誤っておった。公明正大な政をおこなう者と評価しておったが、相沢の一件が大野の仕業とすれば、幕政を私する者じゃ。ひょっとしたら、柳沢出羽守よりも性質《たち》が悪いのかもしれぬ」

光圀は眉根を寄せた。神経質そうな顔が際立った。

「偽造の一件をご心配なのですか」

「それは、なんとも申せん。実物も偽造品も見たことがないのじゃからな」

光圀は薄笑いを浮かべた。

「それはわたくしとて同じことでございます」

「ならば、うまくいく保証もなし。だいいち、大野の手の者が盗みだしたとするならば、贋物と見破ることもたやすかろう」

珍しく光圀は弱気になっている。

「しかし、大野さまも見たことがないのでございましょう」

「そのように、相沢殿には申したらしいのう。見たことがないので、一度でいいから拝見したいものだと」

「であれば、大丈夫なのではございませんか」

いつもと違い、今日は助三郎のほうが楽観的である。

光圀は「おまえはお気楽でいいのう」と皮肉たっぷりに言ってから、

「だが、大野が盗みだしたとなれば、実物を目にしたのではないのか。贋物と見破るは、たやすいぞ。いや、贋物と断定するじゃろう。なにしろ、本物を手にしておるのじゃからのう」

険しい顔で、光圀は断じた。

「案外と、そこがつけ目になるかもしれません」

思わせぶりに助三郎は笑みを浮かべた。

「ほう、おまえ、なにか企んでおるのか。だがな、大野駿河守、わしが一時は見こんだだけのことはあり、なかなか老獪《ろうかい》じゃ。それゆえ、上さまの覚えめでたい柳沢出羽守と互角に渡りあっておる」

不安そうに光圀は、茶釜に目をやった。ぐつぐつとした茶釜が、光圀の苛立ちを表しているようだ。

「それほどまでにご心配なら、偽造のほかに、なにか手立てを施す必要がございますな」

「そなた、なにか考えておるのであろう。よい手立てはないのか」

光圀は期待のこもった目を向けてきた。ところが助三郎が、

「ございません」

と、あっけらかんと返したものだから、

「なんじゃ、期待を抱かせおって」

顔を歪め、光圀は吐き捨てた。

「いまはない、と申しておるのです」

「ならば、茶会のときになったら用意するのじゃな」

「御意にございます」

「おまえに任せたのじゃ。好きにせい」

光圀の顔に笑みが戻った。

「この助三郎にお任せください」

助三郎は顔をなごませた。

五

翌朝、助三郎は岩田と一緒に、峰吉を訪ねた。

岩田は、得体の知れない偽造屋の家を訪ねることに躊躇《ためら》いを示したが、峰吉の贋作の出来栄えを確認する必要があった。助三郎は神君掛け軸の実物を知らないのだから、岩田が確かめるしかないのだ。

「ここでござる」

助三郎は気にする素振りも見せず、峰吉の家の前に立った。

「御免、開けるぞ」

元気よく言うと戸を開けた。峰吉は、乱雑に散らかった部屋の真ん中で石像のように座っていた。

「できたか」

峰吉は答えず、代わりに顎をしゃくった。しゃくった先に目をやると、床の間に、一幅《いっぷく》の掛け軸が掛かっている。富士と鷹と茄子が描かれていた。

これが神君掛け軸か……と歩み寄ろうとすると、

「おお、これぞまさに」

岩田は驚きと喜びが入り混じった声を発して部屋にあがりこみ、助三郎の脇をすり抜けて、掛け軸の前に立った。

「ふむ、神君家康公の掛け軸じゃ」

その言動を見れば、峰吉の贋作が成功したことに疑いはない。

「峰吉、よくやった」

助三郎が声をかけると、

「ふふ」

峰吉はわずかに口元をゆるめただけで、得意がるふうでもない。記憶のなかにある本物によほど似てるのか、岩田は魅入られたように掛け軸を眺めている。

「これが約束の五十両だ」

袱紗《ふくさ》に包んだ小判五十両と、喜兵衛からあずかってきた灘の清酒の角樽を、峰吉の前に置いた。峰吉は煙草盆を引き寄せた。

「ならば、わしはこれを持って藩邸に戻るぞ」

岩田はまるで本物に対するような丁寧さで、掛け軸を風呂敷に包んだ。

「落とさないでくださいよ。それに、頼んだ仕事もお願いします」

助三郎のからかい半分の言葉を、

「ああ、抜かりはない」

真面目に受け取って、岩田は表に出た。

「いやあ、見事な腕だな」

峰吉の前に座った。

「ひさしぶりに、やり甲斐のある仕事でしたよ」

峰吉は眼鏡を取って、目をしょぼしょぼとさせた。

「それにしても見事な出来だ。いやあ、助かった」

助三郎は何度も礼を述べると、褒美の清酒を杯にそそいだ。

「で、頼んでおいた別件のほうだが……」

「ああ、それもできてます」

酒をあおってから、峰吉が紙の束をあさりはじめた。

大野駿河守忠義が来訪する日となった。

老中を迎えるべく、岩田があれこれと指示をしている。当然のことながら、助三郎も同席を許された。いや、助三郎に居てもらわなければ、岩田も昌康も心配なのだ。むろん助三郎にしても、最後まで見届けたい。

何度も茶室と控えの間を眺め、これでよしと確認したのは、昼時を過ぎてから
だった。そういえば、朝からなにも食べていない。

腹が減っては戦ができぬとばかりに、台所に足を向けた。中に入ろうとすると、
女中たちの声がする。聞くともなしに自然と耳に入ってきた。

助三郎の噂話だ。どれも、よく言う者はない。いったい何者だ、当家とは無関
係なのに、どうして大手を振って藩邸内を歩いているのだ、などなど……。

どこも、余所者に対する風あたりは手厳しいものだ。

「さんざんだな」

われながら情けなくなった。中に入ることが躊躇われたが、

「ま、いいっか」

と、心持ち大きな足音を立て、台所に足を踏み入れた。途端に話し声が止まり、
水を打ったような静けさとなった。

「腹が減った。なにか食べさせてはくれぬか」

女中はみなうつむいて返事を返さない。

「これでいい」

お櫃《ひつ》に残った飯を丼によそい、鍋に残った味噌汁をかけると、立ったままかきこんだ。そんな様子を呆れたように、女中たちは横目に見ていた。飯を三杯ほど平らげると、

「よし、これで腹はできた」

と、腹を叩いて、わざと大股で台所から出た。


大野忠義の一行がやってきた。

一行はまず、庭を散策した。大野は終始、にこやかに過ごしている。それからおもむろに、茶室に足を向けた。

茶室には昌康と岩田、それに助三郎が同席した。

大野とは鶴岡八幡宮で会っているが、あのときは畠山重正と金吾党を退治した直後の、殺伐とした現場であった。大野は助三郎に一瞥もくれず、無関心であったし、距離もあった。そもそも、水戸家の家臣がこの場にいるなど、夢想だにしていないだろう。

それゆえ、大野に気づかれることはあるまい、と高を括《くく》っていたが、果たして

大野は助三郎を見ても無反応であった。

大野は、初老の男をともなっていた。

林相恩《はやしそうおん》という博識で知られる儒学者だ。

茶室に入る前に、控えの間で大野と林を迎えた。

「壱岐殿、本日はお招きいただき恐縮にござる」

今日の大野は、黒縮緬《くろちりめん》の羽織に仙台平の袴で身を包んでいる。

林のほうは、枯れ木のように痩せ細っていた。地味な茶の小袖に、同色の袖なし羽織を身につけ、白髪混じりの髪を総髪に結っていた。

「なんの、たいしたおもてなしもできず、恥じ入るばかりです」

昌康は笑顔を浮かべた。大野が、助三郎に視線を向けたことに気づき、

「佐々野助三郎です。今月より、国許からわが用人として呼び寄せました」

昌康に紹介され、

「佐々野助三郎にございます。本日はご尊顔を拝し、恐悦至極にございます」

助三郎は両手をつき、深々と頭をさげた。

「ふむ」

大野は軽く顎を引いただけだ。

やはり、助三郎を覚えていないようだ。

「藩校きっての秀才でござる」

昌康の顔は、心持ち自慢げに輝いた。

「ほう、それは、それは」

そこで初めて大野は、値踏みでもするように目元を厳しくした。謙遜すべきかと思ったが、関心を持たれては困ると口を閉じていた。

「では、茶室へ」

昌康は腰をあげた。

「楽しみですな、神君家康公の掛け軸が拝見できるとは」

大野が目を細めたところで、

「ときに林先生は、神君掛け軸をご覧になったことはございますか」

助三郎は林に語りかけた。

「いいえ、わたしも見たことはござらん。さぞや、すばらしい逸品でしょうな」

「そうですか、林先生も初めてご覧になるのですね」

「ええ、ですから楽しみにしてまいりました」

林は穏やかな笑みをたたえた。

「まこと、楽しみですな」

大野も表情をやわらかくした。

助三郎は立ちあがり、大野と林を茶室へと導いた。茶釜がぐつぐつと湯だっている。障子が開け放たれ、花びらが舞い落ちた。茶室の隣にある十畳の座敷に入ったところで、

「おお、これは見事な」

大野が声を放った。座敷の隅に置かれた掛け軸を取りあげ、まじまじと眺めた。もちろん、峰吉が作成した贋作である。

「これは、すばらしい」

なおも大野が感嘆の声を放つと、

「いかにも」

林も感心したようにうなずいた。

「いやあ、壱岐殿、噂にたがわぬ、すばらしい掛け軸にございますな」

大野は、おおげさにも思えるほどの興奮ぶりである。昌康は微笑を浮かべたまま、茶釜の前に座っていた。助三郎は、大野と林のそばでじっとしている。

「よい物を見させてもらった」

満足したのか、大野が言ったところで、

「おや」

と、林が首をひねった。

「どうした」

大野も怪訝な表情を浮かべる。

「いえ、それが……」

「どうしたのだ」

林は口の中でぼそぼそとつぶやいていたが、

「いささか、おかしなことが」

と、大野を見つめた。ふたたび掛け軸のほうに視線を転じ、目を凝らした。

そして、

「贋物だ……」

と、ぽつりと漏らした。

「なんじゃと」

途端に、大野が目をむいた。

六

「贋作です。これは、真っ赤な贋物に相違ございません」

今度はきっぱりとした声で、林は断定した。

「壱岐殿」

大野は昌康に、暗い目を向ける。

「いかがされましたか」

ゆっくりとした足取りで、昌康が近寄ってきた。

「これは、いかなることじゃ」

大野の厳しい声に、

「神君掛け軸がいかがされたのですか」

昌康は落ち着いたものである。

「これは贋物にござります」

林が冷然と指差した。

「そんな馬鹿な」

昌康は鼻で笑った。

「そんな馬鹿なとは何事ぞ」

気色ばんだ大野をよそに、昌康は依然として落ち着いている。

「言いがかりとしか思えません」

「なにが言いがかりじゃ。これはたしかに贋物じゃ」

侮辱されたと思ったか、林が声を荒らげる。

「ですから、なにをもって贋物と申されるのか」

昌康は声を荒らげることも、面差しを険しくすることもなく、淡々としたものである。勝ち誇ったように、林が掛け軸の一点を指差した。

「家康公の花押《かおう》です」

「花押がいかがされた」

昌康は、わずかに顔をしかめた。

「この掛け軸を家康公が描かれたのは、大御所として駿府にご隠居なさってからでござります。すなわち、晩年のこと。にもかかわらず、この花押は若かりしころ、浜松の御城主として信長公とともに天下を斬り従えておられたころのものでございます」

たちまち大野が、

「なんと。では贋物であることは明白であるな」

「はて、それは面妖な」

昌康は小首を傾げた。その所作に、今度は大野の怒りがたぎったようだ。

「とぼけるな。相沢壱岐守、畏れ多くも神君家康公より下賜された掛け軸を贋作するとは、いかなることか。許されると思ってか」

「はて、そう申されましても」

昌康は首をひねるばかりだ。

「どこまでもとぼけるか。不遜な態度よ。そのような者と同席はできん」

大野は腰を浮かした。

「まだ、茶を差しあげておりませぬが」

「たわけたことを。不忠者の淹れた茶など飲めるはずはない」

いまや大野の顔は、茶釜のように湯だっていた。次いで、林をうながし、退席しようとする。

それを助三郎が、

「お待ちください」

と、行く手を塞いだ。大野には助三郎のおこないが予想外だったのだろう。一瞬、はっとして立ち尽くした。

が、すぐに老中の威厳を取り戻すように、

「どかぬか、無礼者！」

怒声を放った。

「ひとつだけ、お聞かせいただきたい」

助三郎は両手をつき、大きな目で大野を見あげた。

「話したくもないが……よかろう。答えてつかわす」

余裕を示すように大野が了承したものだから、林も腰を落ち着けた。

「大野さまも林先生も、神君掛け軸は今日が初見でございますね」

「そう申したであろう」

大野は不快そうに横を向いた。

「ならば、これがどうして神君の掛け軸だと、わかったのでございます」

思わぬ助三郎の問いかけに、

「それは……」

答えようとした大野が、言葉を止めた。すぐに林が、

「神君掛け軸の図柄は存じておった」

「おや、おかしいですね、さきほどは、どのような掛け軸なのか楽しみにしていると、おっしゃったではありませんか」

「鷹と富士と茄子が描かれていることは存じておる」

叫ぶように林が言うと、助三郎は笑いだした。

「無礼者！　陪臣《ばいしん》の分際で、天下の政を担う老中を愚弄《ぐろう》するか」

大野は目をむき、林は言葉を飲んだ。

かまわずに助三郎はひとしきり笑い終えると、

「愚弄ではございません。鷹と富士と茄子だけで、これを神君掛け軸と判断なさるとは、いささかおかしな話だと思ったのでございます」

小首を傾げて、控えの間と茶室をぐるりと指差した。

「おお」

大野の口から驚きの声が漏れた。

「これは、なんと」

林も唸った。壁には、五幅の掛け軸がぶらさがっている。みな、図柄こそ異なっているが、鷹と富士と茄子を描いたものばかりだ。

「ここには、これを入れて六つの掛け軸がございます。みな、鷹と富士、茄子が描いてあるのです。それにもかかわらず、大野さまも林さまもほかには目もくれず、この掛け軸に目を向けられ、神君掛け軸と見定められたうえで、贋物だと騒がれた。なんとも、おかしな話ですな」

助三郎がゆっくりと視線を転ずると、

「いや、それは」

たちまち、大野は口ごもった。

そこへ、家来が一幅の掛け軸を持ってきた。

受け取った昌康が、大野たちに示す。

「たしかにそれは贋物。これが本物でござります」

掛け軸は、大野たちが見たものと瓜ふたつ……異なるのは家康の花押だった。

「なにせ、当家にとりまして、かけがいのない宝物ですからな、こうして、模写を一幅用意しておりますので。昨今は、なにかと物騒な世の中ですので。大名屋敷専門に狙いをつける盗人もおるとか。用心のため、おふた方が見破られた贋作を用意しておったのです」

昌康はおかしそうに笑った。

じつは、助三郎は贋作をふたつ、峰吉に用意させていた。ひとつはわざと花押を間違えさせた。図柄を知る者を引っかけるためである。あとの五つは、岩田がわざと図柄を変えて描いたものだった。

「そうでござったか」

大野は顔を赤らめ、うつむいた。

「大野さま、まだ、わたくしの問いにお答えくださってませぬな。なぜ、これを神君掛け軸と思われたのですか」

逃さぬように助三郎が突っこむと、

「いや、それは……」

いまや大野の額には、脂汗《あぶらあせ》が滲《にじ》んでいる。

「まあ、茶など飲みながら」

昌康に言われ、しゅんとした顔で、大野と林は茶席に赴《おもむ》いた。

そこへ相沢家の家臣が、

「水戸の御老公さまがいらっしゃいました」

と、告げた。

途端に、大野と林の顔が蒼ざめる。

ほどなくして光圀が入ってきた。宗匠頭巾を被った商家の御隠居然とした格好で、いかにも非公式の訪問である。

みな、平伏をした。

光圀はにこやかな顔で座すると、

「壱岐守殿、急な訪問ですまぬな」

声をかけるや、大野を見た。

面《おもて》をあげた大野に、

「駿河守殿、わしもな、神君の鷹を拝見したくてやってきた。じつは五日前にも訪問いたしたのじゃが、あいにくと……」

光圀は語りかけて言葉を止めた。

それを昌康が引き取り、

「当家の不手際で、畏れ多くも掛け軸が見つからなかったのです。副将軍さまには、まことに失礼なことをしてしまいました」

深々と光圀に頭をさげた。

光圀は鷹揚な笑顔でうなずき、

「なにせ相沢家伝来の宝物。盗人に入られないよう、邸内の奥深くに仕舞っておいたのであろう。大事にしすぎたのじゃ。本日、駿河守殿が掛け軸を見に訪れると耳にし、今度こそ拝めると、ずうずうしくもやってきた。同席して鑑賞するが、かまわぬな」

「も、もちろんでござります。それは、見事な掛け軸でござります」

あわてて大野は言った。

「伝来の家宝として大事に保管しておるとは、草葉の陰で家康公も喜んでおられるじゃろう。相沢壱岐守昌康の忠義も見あげたものじゃ。のう、駿河守殿」

光圀は笑みを浮かべ大野に語りかけたが、目は笑っていない。

「まさしく、相沢殿の忠義、すべての大名のお手本となりましょう」

真顔で大野は言った。

「うむ、この光圀、副将軍としていまの言葉、上さまに伝える」

きっぱりと光圀は言った。

「畏れ入りましてござります」

大野は両手をついた。

「ならば、じっくりと掛け軸を拝見するか。のう、駿河守殿」

光圀が誘うと、

「われらは、十分に眼福《がんぷく》を得ました。中納言さま、あ、いや、副将軍さまにはごゆるりとご鑑賞くださりませ」

そそくさと大野は林をともない、茶室を出ていった。ふたりがいなくなり、光圀は呵々大笑した。助三郎や昌康、岩田も声をあげて笑う。

ひとしきり笑ってから、

「でかしたぞ、佐々野助三郎。さすがは、御老公がわしの相棒だとおっしゃっただけの働きぶりじゃ」

昌康は助三郎に、何度も礼を言った。


その翌日、本物の掛け軸が、相沢家上屋敷の宝物庫に戻されていた。

盗人が大野の手先であることは見え見えなのだが、助三郎も昌康も、そして光圀も、あえて問題にしようとは思わなかった。

大野からは茶を喫した礼として、丁重な感謝状と金子《きんす》百両が届けられた。岩田は百両のうち、五十両を返すべきと主張したが、

「百両いただいておけばよろしいのではないですか。神君掛け軸の賃借料ですよ。五日で百両、一日二十両です。安いものですよ」

という助三郎の意見を、昌康は受け入れた。

天下の副将軍と頼られて、気をよくした光圀が、気まぐれでかかわった事件ながら、いざ解決してみると、ほっと安堵すると同時に達成感を抱いた。

また、大野忠義から光圀に宛てて、書状が届いた。幕政に対する自分の姿勢を反省した、長い内容であった。

このうえは自分の野心は捨て去り、天下万民のために尽くしたい、とも記してある。そのためには、これからも副将軍さまのご指導を受け賜わりたい、と謙虚に結んであった。

大野を見損なったと怒っていた光圀であったが、すっかり機嫌を直し、

「大野駿河守は見所がある」

と、評価をあげている。

さらに、

「副将軍たるわしの指導により、誤りかけた政を見直したようじゃ。目が覚めたのじゃな」

と、自己の評価もよりいっそう高めた光圀であった。

第四話　生き返った相撲取り

一

春めいてきた如月《きさらぎ》十日のことだった。桜には日があるが、紅白の梅が咲き誇り、霞《かすみ》がかった青空が広がっている。

外出にはもってこいの日和だが、佐々野助三郎は彰考館の一室で、珍しく歴史関係の書物を読んでいた。

だが、慣れないことをしているとあってつい船を漕いでしまい、眠気覚ましに大きく伸びをしたところに、八兵衛がやってきた。

「これはお勉強中ですか……」

八兵衛は遠慮し、出ていこうとしたが、

「かまわぬぞ。ちょうど一服しようと思っていたところだ」

実際は本を読みはじめたところなのだが、渡りに船、とばかりに八兵衛の来訪を受け入れた。さすがは、しっかり八兵衛とあって、煙草盆を用意している。

「おお、気が利くな」

助三郎は一服することにした。

煙管《きせる》に煙草の葉を詰め、一服喫してから八兵衛を見返す。

八兵衛は語りはじめた。

「なんとも不可思議な出来事が起きたのですよ」

ひと月前、南町奉行所が捕縛し、打ち首となった関取網次郎《せきとりあみじろう》という盗人についての怪異談であった。

関取網次郎……その名が示すように、元関取だった。

喜多方藩《きたかたはん》お抱えで、関脇《せきわけ》まで番付があがったのだが、客を殴り、廃業に追いこまれた。そのあと、腕力にものをいわせて盗みを働くようになり、手下を従えて商家に押し入ることを繰り返した。その際、みずからの手形を残していくのが特徴であった。

「その網次郎、南町奉行所がお縄にして死罪となったはずなのですが、それが昨今、またもや網次郎を名乗る盗人が出没しておるのです。あげくに、南町奉行所が捕えた綱次郎は替え玉で、本物は生きているという噂が立っております。幽霊でもないかぎり、南町奉行所は間違って捕縛したのかもしれません。あるいは、手下が綱次郎の身代りになったのかも……」

八兵衛の話を受け、

「物見高い連中が、おもしろがっておるのだろう。綱次郎は関脇を張ったほどの力士、顔を知る者も多かっただろう。よもや間違った男を捕縛など、ありえんと思うがなあ」

助三郎は否定したものの、ふと疑問を抱いた。

「ところで、八兵衛、どうして関取綱次郎などに興味を抱くのだ」

「それが、ひょんなことから、牢屋敷の同心さまと知りあったのですよ」

なんでも、八兵衛が小伝馬町《こでんまちょう》まで使いに出た際、雨に降られたらしい。

そこで雨宿りに立ち寄った居酒屋で、人の好さそうな同心と相席になったそうだ。その同心は見かけどおりに親切で、八兵衛の飯代を払ってくれた。

八兵衛は、うっかり財布を忘れていたのだ。それで後日、八兵衛は小伝馬町の牢屋敷に、金を返しに出向いた。

それが縁で、ときおり飲むようになったという。

「ならば、その牢屋同心の話が聞きたいな」

助三郎が興味を示すと、八兵衛は、これからどうですか、と誘ってきた。どうせ暇だし、光圀も今日は「大日本史」編纂に勤しんでいる。

助三郎はふたつ返事で応じた。


小伝馬町の縄暖簾に入った。

すでに、牢屋同心、今野《こんの》源左衛門《げんざえもん》が待っていた。

八丁堀同心同様に、小袖の着流しに羽織を重ねている。ただ、羽織の裾をまくりあげる、いわゆる巻き羽織という小粋な格好ではない。

今野は小太りで丸顔、目尻がさがり、いかにも人が好さそうだ。八兵衛が助三郎を紹介すると、挨拶を交わしてから、関取網次郎を話題にした。

両目をしょぼしょぼとさせて、今野は言った。

「牢屋敷では、おとなしくしておりましたな」

牢内の網次郎は、とくに暴れることも不平を言いたてることもなかった。処刑される日も、粛々《しゅくしゅく》と刑場に向かった。いかにも観念したようだったという。

替え玉や人違いの可能性について尋ねてみると、今野はありえないとばかりに、はっきりと首を横に振った。

「南町が捕縛したのは、網次郎で間違いはないということですな……ならば、網次郎の手下が騙《かた》っておるのでしょうな。世間を騒がすためとか、網次郎を慕っていて、死んだことを認めたくはない、とか」

助三郎は考えを述べたてた。

今野は首を傾げながら、

「それが困ったことに、網次郎と同じ手形が、盗みの現場に残っておるのです。寸分たがわぬ手形ですぞ」

「ほう……間違いないのですか」

これは、謎めいてきた。光圀が耳にすれば首を突っこみたがるだろう。

「間違いござらん」

天地神明にかけて、と今野は強調した。いかにもおおげさな物言いは、今野の困惑ぶりを物語ってもいる。

「しかし、どうして今野さんが、そこまで網次郎にこだわるのですか」

助三郎が確かめると、

「牢屋敷で網次郎を見張っておったのは拙者でしてな……網次郎がすり替わった

のに気づかなかったのではないか、と責められたり、ひどいことに、網次郎の手下から袖の下をもらって替え玉を受け入れたのでは、などというあらぬ疑いをかけられておるのです」

近頃稀《まれ》なる凶悪犯ということで、網次郎は通常の牢獄ではなく、別途設けられた仮牢に閉じこめていたそうだ。牢屋敷の片隅にあった物置を改修したという。

「ご存じのように牢屋敷というのは、付け届けがものをいいます」

入牢する者が、髪や肛門、女なら女陰に銭金を隠しておくのは公然の秘密だ。それを役人や獄中の罪人の首領格、いわゆる牢名主に渡す。その金額の多い少ないで、獄中の待遇が変わる。

面会者も、役人や牢名主への土産を欠かさない。

「しかし、網次郎にかぎっては、銭金はいっさい渡してきませんでした。どうせ死罪になるのだから、牢屋敷の暮らしはどうだっていい、とうそぶきましてな。実際、身体を検《あらた》めましたが、一銭たりとも隠しておりませんでした。また、面会者はひとりもおりませんでしたな」

断じて網次郎や手下から賄賂《わいろ》は受け取っていない、と今野は繰り返した。

「網次郎は牢屋敷にいる間、もしくは小塚原《こづかっぱら》の刑場に向かう間、すり替わってなどおりません」

そんな主張も、今野は強く言いたてた。

助三郎はうなずき、今野の言い分を受け入れてから、

「正確に言うと、牢屋敷に入獄してからの網次郎はすり替わっていない、ということですな。つまり、南町奉行所が網次郎と誤って捕まえた、という可能性はある。もっとも、南町奉行所はそんな不手際は認めないでしょうが。いずれにしても、今野さんの失態じゃないですよ。胸を張って牢屋同心を務めるべきですね」

と、今野を励ました。

「じつは拙者も、おのれの落ち度や不正を疑われるのが癪《しゃく》で、南町奉行所に出向き、話を聞いたのです。捕縛したのは網次郎で間違いはなかったのか、と」

ここまで今野が言ったところで、

「間違っていると認めるはずはないですよね」

八兵衛が割りこむと、

「ただ、頭ごなしに間違いを認めなかったのではなく、関取のころの網次郎を見知っていた者に面通しをし、盗み入った先に残された手形と、捕えた網次郎から取った手形を照合して間違いない、と確かめたそうです」

「なるほど、疑問の余地はない、ということか」

助三郎が言うと、

「これは、時節外れの幽霊かもしれません」

八兵衛は、幽霊が大の苦手なんです、と付け加えた。この世でただひとつ、怖いものだそうだ。

実際にいたとして、幽霊はあの世に棲《す》み、この世に棲んではいない、と言いかけたが、いや、そうでもない……あの世に棲むことができず、この世に現れるのか、と思い直し、

「力士の幽霊とは奇妙なものですな。やはり、まわしを締めて出てくるのかな」

助三郎は冗談のつもりで言ったのだが、今野も八兵衛も本当に幽霊が恐いようで、むっつりと黙りこくるばかりだ。

少しの間があってから、今野は口を開いた。

「ともかく、読売がおもしろおかしく書きたて……まったく困ったものです」

幽霊網次郎が押し入ったという商家にも、話を聞きにいくのだという。世の中、妙な騒ぎが起きるものである。

今野は思いだしたように言った。

「そういえば、江戸市中引きまわしのうえに小塚原の刑場に……」

網次郎は裸馬《らば》に乗せられて江戸市中を引きまわされ、小塚原の刑場で打ち首に処せられた。つまりは網次郎を見知っていた者が、見物人のなかに多数いたはずで、なのに馬上の男を偽者と疑う声はなかった。

「やはり、間違いなく網次郎は死んだのだな……牢屋敷でわたしが見張っておったのも、本物の網次郎なんだ」

酔いがまわったのか、今野はしつこい。

「じゃあ、やっぱり幽霊になって、盗みを繰り返しているんですかね」

八兵衛は幽霊にこだわっている。

刑場で首を刎ねるとき、罪人に、土壇場に転がる石を噛むことができたら、遺族のことはちゃんと面倒を見てやる、と声をかけることがある。罪人の怨念を石に向けることで、首を刎ねる執行者への逆恨みを防ぐためだ。

そんな話を聞いたことがあると、助三郎が今野に言った。

「そうしてる者もおりますな」

今野が答えると、

「それで、実際に石を噛んだりするのですか」

八兵衛の顔は、怖い物見たさに満ちあふれていた。

「たまに、おるらしいぞ。ちょん切られた首が、がぶっと石を嚙むことがあるそうだ」

箸でつまんだらっきょうを、今野はがぶりと嚙んだ。

「今野さんも、そんな目に遭ったことあるんですか」

八兵衛が問うと、

「わしはないな」

今野は首を左右に振った。

「幽霊は、見た者の心の中に出るだけだ」

助三郎の達観した物言いに、八兵衛は反論しようとしたが、

「死んだ者に会いたいという気持ち、死んだ者が自分を恨んでいるという恐怖心が、幽霊というものを作りだすのじゃないか」

珍しく助三郎は、真面目に真っ当なことを言った。それでも不満なのか、八兵衛は押し黙ったあと、

「そんなもんですかね。じゃあ、盗み先に残された手形はどう考えるんですか」

と、あげ足をとるように指摘した。

「細工しているのだろう。たとえば、網次郎の手形そっくりの印判を造り、それを押しているとか」

事もなげに助三郎が返すと、

「なるほど、そうも考えられますな」

八兵衛はうなずいて思案をした。

「網次郎の手形を残すなど、やろうと思えば手法はいろいろある。問題は、なぜそんなことをするのかということだが……」

助三郎は酒の替わりを注文した。八兵衛が、ここは鍋が美味いんですよ、と注文をした……のではなく、手まわしよくすでに注文してあったので、すぐに鍋が運ばれてきた。

湯気の立った鍋の表面に、桜が咲き乱れている。

「蛸《たこ》の桜煎《さくらい》りか。美味そうだ」

助三郎は生唾を飲みこんだ。薄く切った蛸を、出汁、酒、醤油、砂糖で煮こんだ料理だ。蛸の薄切りが桜に似ているため、蛸の桜煎りという洒落《しゃれ》た名前がついている。

小皿に蛸と出汁をすくい、ふうふう吹いて、まずは汁を味見する。甘辛いうえに、ほんのりと蛸の風味がした。蛸を食べる。硬からず、かといってやわらかに煮こみすぎない絶妙な食感だ。噛むと、甘味がじわっと舌を蕩かしてくれる。

「美味い、美味い」

言葉を発するのももどかしく、助三郎は蛸を心ゆくまで堪能した。鍋を食べ終えてから、思いだしたように今野が言った。

「網次郎と因縁のある商人がおるのです」

その商人を網次郎が殴り、力士廃業に追いこまれたのだそうだ。

「蔵前《くらまえ》の札差《ふださし》、八幡屋《やわたや》勘太郎《かんたろう》という男です」

と、今野は教えてくれた。

探ってみようか……いや、自分よりも、むしろ蜃気楼お信に頼むべきか。

二

明くる十一日、助三郎は彰考館で光圀に呼びだされた。嫌な予感を抱きつつ、光圀の書斎に顔を出した。

果たして、

「助さん、おもしろい一件があるぞ」

助三郎を「助さん」と呼ぶということは、光圀のお忍び外出である。助三郎の前に置かれた読売は、関取網次郎を書きたてていた。

「ほう、これですか」

素知らぬ顔で、助三郎は読売に目を通した。

「この一件、わしが落着に導くにふさわしいと思わぬか」

光圀は助三郎の意見を求めているようだが、事件探索に乗りだす、とすでに決めているのだろう。

もとより助三郎は関係していることもあり、

「まさしくご隠居にふさわしい一件です。世の者たちも、天下の副将軍さまの出番だと期待をしておりましょう」

本音を隠して賛同した。


蜃気楼お信は、蔵前の札差・八幡屋勘太郎の店を確かめにきた。蔵前には、ずらりと幕府の御米蔵が並んでいる。

御米蔵は浅草、大川の右岸に沿って埋めたてられた総坪数三万六千六百五十坪四十の土地にある。北から一番堀より八番堀までの舟入り堀が櫛《くし》の歯状に並び、五十四棟二百七十戸の蔵があった。

切米が支給される二月、五月、十月の支給日には、旗本、御家人といった幕臣たちのほか、米問屋、米仲買人や運送に携わる者でごった返す。

幕臣たちは支給日の当日、自分たちが受領する米量や組番、氏名などが記された米切手を御蔵役所に提出した。

入り口付近に大きな藁束の棒が立ててあり、それに手形を竹串にはさんでおいて順番を待った。これが「差し札」と呼ばれ、幕臣たちは支給の呼びだしがあるまで、近くの水茶屋などで休んでいた。

なかなかに面倒な作業である。

そこで、札差という商売が起こった。

幕臣たちに代わって、切米手形すなわち札を差し、俸禄米を受領して米問屋に売却するまでの手間いっさいを請け負う商いだ。

したがって、当初は米問屋が多かった。のちにも、米問屋とは深い関係を保っている。

札差たちは米の支給日が近づくと、得意先の旗本や御家人の屋敷をまわり、切米手形をあずかっておく。

そして御蔵から米が渡されると、当日の米相場で現金化し、手数料を差し引いた残りの金を屋敷に届ける。

江戸開府から時代を経るにつれ、幕臣たちの暮らしは次第に困窮した。なにせ、収入は決められている。父祖伝来の固定した家禄のみである。だが時代とともに、物価は上昇した。

そこで幕臣たちは、蔵米を担保にして金を借りるようになった。

その際、借入先として都合がよかったのが札差である。自分の札差に借金をし、札差は蔵米の支給日に売却して得た金から、手数料と借金の元利を差し引き、屋敷に届ける。

札差はこうして、金融業者としての性質を強めた。

夜の帳《とばり》がおり、お信は忍び装束となって、八幡屋勘太郎の家に入った。

勘太郎は家に居た。関取網次郎の幽霊騒ぎが起きてからというもの、吉原や高級料理屋には出かけていないという噂は本当であった。

お信は座敷の天井裏にひそみ、節穴から見おろした。

自宅の座敷に、お気に入りの幇間《ほうかん》や芸妓を呼んで宴を開いている。しかし、それにも飽きたようで、三味線を止めさせ、幇間に、おもしろい話をしろ、と要求していた。

幇間は、久六《ひさろく》というようだ。

しかし、久六の話にも、

「以前、聞いたよ」

とか、

「つまらないからやめろ」

などと不機嫌に駄目だしを繰り返すばかりとあって、さすがの幇間も機嫌が悪くなったようだ。

すると、勘太郎が、

「なんだい、黙りこんで……幇間だろう。なにか話せよ」

強要したが、勘太郎自身も気が萎《な》えたのか、それきり口を閉ざしてしまう。

「こりゃ、陰気になってしまいましたね。なら、話でなくって芸でも披露しましようかね」

と、久六は立ちあがりかけたが、

「また、腹踊りだろう。もう、見たくもないよ……それより、なんだ、その、あれどうなってる」

曖昧に勘太郎は問いかける。

「あれって言いますと」

久六が返すと、

「鈍い奴だな。それとも、わざとか」

「ひょっとして、幽霊網次郎のことですか」

「わかっているじゃないか。で、どうなんだ……つまり、あたしと網次郎の噂だよ」

不機嫌に勘太郎は問いかけた。

「旦那と網次郎の……そんな特別なことは」

「嘘つかなくていいよ。おまえの耳年増ぶりは有名だ。あっちこっちのお座敷でいろんな話を耳にしてくるじゃないか。以前にも言っただろう。あたしがおまえを贔屓《ひいき》にするのは、おもしろいネタを持ってくるってのを、あてこんでいるからだって」

勘太郎の声が太くなった。真剣な様子を物語っている。

「では」

久六は、こほんと咳をした。

「八幡屋勘太郎旦那は、網次郎の恨みを買ったって、もっぱらの噂ですよ」

久六の言葉に、お信は耳をそばだてた。

芸妓たちは席を外そうとしたが、勘太郎は居るように強い口調で引き止めた。

芸妓たちは、おっかなびっくり座敷に残った。

「あいつが悪いんじゃないか」

勘太郎は言った。芸者のひとりが久六に、どうしたのかと問いかけたが、久六は勘太郎をはばかって口を閉ざした。しかし勘太郎は、かまうものかとみずから語りだした。

「あたしが、網次郎を野次り倒してやったんだよ」

三年前、富岡《とみおか》八幡宮でおこなわれた勧進《かんじん》相撲で、網次郎は白星を重ねていた。

「あたしは網次郎が嫌いでね。連れていったみんなで、さんざんに野次ったのさ。そうしたら網次郎の奴、顔を真っ赤にして怒りやがった。八幡屋の屋号が示すように、あたしは富岡八幡宮の氏子《うじこ》になっているし、あちらこちらの八幡宮に少なくない金子を寄進しているんだ。人一倍、深く信仰する富岡八幡宮での勧進相撲、正々堂々とやってもらいたかったんだよ。網次郎は行司《ぎょうじ》の目の届かないところで相手の髷をつかんだり、向こう脛《ずね》を蹴飛ばしたり、足を踏んだり……平気で汚い取り口をするんだ。だから、あたしゃ意地でも、網次郎に優勝させたくなかったんだよ」

自分の正当性を訴えようとしてか、勘太郎はまくしたてた。

網次郎はそれが災いし、取り乱してそのあとの取り組みで負けてしまった。負けて土俵をおりた網次郎を、さらに勘太郎たちは野次り倒した。

「そうしたら、網次郎、あたしにつかみかかってきたんだ。あいつは関取だ。あたしはこんな華奢《きゃしゃ》な身体だよ。まるで、熊に襲われたようなもんだ」

場内は騒然となった。

力士たちが間に入って、網次郎をおさえた。

「それで、網次郎は終わりさ」

お信は勘太郎の言葉を、耳に焼きつけた。

この不祥事により、網次郎は力士を廃業した。いわば、勘太郎は網次郎にとっては仇ということになる。逆恨みかもしれないが、勘太郎の野次、網次郎にすれば悪質な嫌がらせがなければ、力士を続けることができ、大関に出世できたかもはないか。

少なくとも、盗人に身を持ち崩すことはなかった、と勘太郎を恨んでいるのではないか。

「網次郎は獄門になったんだ」

勘太郎は顔をしかめた。

「間違いないですよ」

久六がすかさず言い添える。芸者たちも怯《おび》えながらも、勘太郎を気遣ってか神妙な顔つきとなってうなずいた。

「しかし、このところの騒ぎはどうなんだい、ええっ、どうなってるんだい」

酒がだいぶまわったのか、勘太郎は絡み口調となった。

「そら、読売屋がおもしろおかしく書きたてているだけですよ」

言いわけのように、久六は答えた。

「そうですよ」

芸者たちも即座に応じる。

「じゃあ、網次郎の幽霊は嘘だというんだね」

みなを見まわす勘太郎の目は、酔いで混濁《こんだく》していた。

「嘘もこんこんちきでげすよ。仮に網次郎が幽霊になって出てきたら、やつがれが退治してやるですよ」

「久六、おまえ、網次郎に勝てるって言うのかい」

勘太郎はおかしげに肩を揺すった。

「勝てますよ」

立ちあがった久六が四股《しこ》を踏んだ。

「おおっと、ずいぶんと大高になったもんだぜ。それもいいが、おまえ、あたしが正しいってこと、網次郎がいかに汚い相撲取りだったのかってことを吹聴しないいね」

勘太郎に言われ、久六は自分の額をぴしゃりと叩いた。網次郎に対する不満を吐きだしてすっきりしたのか、勘太郎は気を取り直したようだ。

「吹聴しますがね、もし、網次郎が化けて出てきたら、相撲を取って勝ってみせますよ。なにせ、相手は足がないんでげすからね」

久六はけたけたと笑った。すると、それにつられるように、芸者たちも腹を抱えて笑う。

そこへ、文が届いた。

「おや、旦那さん、北国から恋文が届きましたよ」

久六が文を受け取った。

北国とは吉原の隠語、ちなみに品川は南国と呼ばれた。吉原の太夫《たゆう》から勘太郎に恋文が届いたと、久六は思ったのだ。芸者たちがたちまち囃《はや》したてる。

勘太郎は満更でもない様子で文を受け取り、書面を広げた。

が、一瞬にして、勘太郎の顔は曇った。

勘太郎の異変に気づき、

「どうしたんですか」

久六が訝《いぶか》しむと、勘太郎の顔は真っ蒼になっていた。

「網次郎からだよ」

文を放り投げる。

「ええっ」

久六も口をあんぐりとさせた。

「網次郎が近々、うちに押し入るとさ」

勘太郎は言うや、声を放って笑った。しかし目は笑っていない。頬も引きつり、いかにも虚勢を張っている。

芸者たちが沈黙を守るなか、久六は文を拾って読みあげた。

「恨みを晴らす。おまえの命と財産を奪い取るぞ。網次郎……」

そして別紙には、手形が押されてあった。

「誰かの悪戯ですよ」

無理やりに、久六は笑顔を作った。

「本物の手形だよ。間違いなく網次郎が押したもんだ」

勘太郎は静かに言った。次いで、疑わしげな素振りを見せた芸者たちに向かって、

「あたしはね、喧嘩するまでは網次郎の贔屓だったんだ。そのころは汚い手は使わず、がっぷり四つに組む堂々とした相撲を取っていたからね。こいつは大関になるぞって贔屓にしてやり、飲み食いをさせて小遣いもやった。それで、何枚も手形を押させたんだ。だから間違いない。これは、網次郎の手形に違いない」

恐れながらも確信をもって、勘太郎は断じた。

「……じゃあ、網次郎は生きているんですか」

久六も恐怖におののいた。

「生きてはいないさ。小塚原の刑場の露《つゆ》となったんだ。あたしゃ、裸馬に乗せら

れて小塚原まで引きまわされてゆく網次郎を見たよ。それだけじゃない。小塚原で獄門になった首も確かめたさ。死んだのは間違いない」

勘太郎は語るほどに、網次郎の死について揺るぎない信念を抱いていくようだ。

「そんな馬鹿な……」

笑い飛ばそうとした久六だが、勘太郎の真剣な顔を見たら茶化すことはできないと思ったのだろう。黙りこんでしまった。重苦しい空気が流れた。

勘太郎はしばらく黙りこんでいたが、ふっと顔をあげ、

「網次郎、来るなら来ればいい。あたしは負けやしない。幽霊退治をしてやろうじゃないか」

と、強気に転じた。

「そうですよ」

久六も追従《ついしょう》を送る。

次いで、

「こりゃ、洒落になりませんよ。御奉行所に訴え出たほうがいいですよ」

「そんなことできるかい」

勘太郎はかぶりを振った。

「だって、盗人が押し入るって言ってきているんですよ。御奉行所はお取りあげになりますよ」

　強く久六は勧めたが、

「じつはね、南の御奉行所には訴えにいったんだ」

　嫌な予感がした勘太郎は南町奉行所に出向いたが、相手にされなかったそうだ。南町奉行所は、網次郎が生きているとなると、自分たちの落ち度を認めることになるからだ。また、幽霊だと主張しても、幽霊なんぞいるはずがないし、幽霊を召し捕るのは奉行所の役目ではない、とけんもほろろだったとか。

「では、北町はどうです」

「駄目だよ。南町が捕縛した盗人の探索を、やり直すはずがないさ。それじゃあ、南町に喧嘩を売っているようなもんだからね」

　勘太郎の言葉に、久六も納得した。

　すると、勘太郎は自嘲気味の笑いを浮かべ、

「それにね、あたしゃ、お上から睨まれているからね」

　贅沢三昧の暮らしぶりを、南北町奉行所にかぎらず、苦々しく思っている武士は多い。

「じゃあ、どうするんですよ」

久六は心配を募らせた。

「藁にもすがる……しかないと思ってね。こうなったら、神頼みさ」

勘太郎が言ったところで、廊下を踏みしめる足音が近づいてきた。

「おいでなさった」

と、勘太郎は来訪者を迎えた。

頭にはと金、白の鈴懸《すずかけ》の法衣を身につけ、首から結い袈裟と法螺貝《ほらがい》をぶらさげて、錫杖《しゃくじょう》を持っていた。どこから見ても山伏《やまぶし》だ。

「往生坊《おうじょうぼう》と申す、修験者である」

往生坊は錫杖を畳に置き、どっかとあぐらをかいた。呆気にとられる久六や芸者たちに、

「往生坊先生は、古今無双の修験者。ありがたい法力を有しておられ、網次郎の幽霊なんぞ、あっという間に退治してしまわれる」

勘太郎に紹介され、往生坊はなにやら呪文を唱えはじめた。いかにもうさんくさい男に思える。

しかし勘太郎は往生坊に、よほどの信頼を寄せているようで、ありがたやあり

がたやと往生坊を拝んだ。異様な空気が漂ったが、久六も勘太郎の機嫌を取ろうと思ってか、一緒になって往生坊を拝んだ。

やおら、往生坊は立ちあがり、錫杖を上下に揺さぶった。鋭い金属音が走り、

「網次郎の怨霊退散せよ！」

と、怒鳴り、次いで法螺貝を吹き鳴らした。幇間、芸者を侍らした宴席にはまこと不似合いな法螺貝の音が、耳をつんざく。

ほどなくして法螺貝を吹き終えた往生坊は座敷を見まわし、勘太郎に一瞥をくれると、悠然とした足取りで出ていった。

まるで余興だ、とお信は笑いそうになったが、勘太郎はあくまで真剣な面持ちだ。藁にもすがると言っていたように、奉行所が取りあってくれないからには加持祈禱《かじきとう》を頼りたいのだろう。

重苦しい空気が流れたが、

「さあ、騒ぐぞ」

勘太郎のひと声で、ほっとしたように芸者の笑顔が戻った。

――あの山伏、きっと腹に黒いものを隠しているに違いない。

天井の節穴から見おろし、お信は思った。

三

助三郎はお信の報告を聞いたうえで、光圀と今後について相談をした。

「八幡屋に乗りこみますか。藁にもすがりたい勘太郎ですよ。きっと、我らを迎えてくれます」

助三郎は言った。

「八幡屋にも行くが、その前に関取網次郎について下調べをしたほうがよい」

光圀は言った。なるほど、そのとおりだ。お忍び御用とあって光圀は生き生きとし、頭脳も冴えているようだ。

「というと、網次郎を見知った者にあたることになりますが……網次郎は喜多方藩のお抱え力士、ならば喜多方藩邸にまいりますか」

「ちゃんと手は打ってある。喜多方藩から網次郎を知る者がまいる手はずじゃ」

これまた光圀は、いつになく手まわしがよかった。

果たして半刻後、彰考館にひとりの来訪者があった。黒紋付に仙台平の袴といった、見るからにどこかの大名家の家臣といったふうである。

男は、

「拙者、奥州喜多方藩・河瀬安芸守《かわせあきのかみ》さま家来の根津伝八郎《ねづでんぱちろう》と申す」

根津は河瀬家の江戸藩邸に勤め、留守居役の大任を担っているという。喜多方藩は二十万石、歴代藩主は従四位下侍従の官位を持ち、国主格の家格を誇る外様の雄藩《ゆうはん》だった。

光圀に代わって、助三郎が応対した。光圀が言っていた網次郎を知る者に違いあるまい。

果たして、

「ほかならぬ、網次郎に関してお伝えにまかり越しました」

「いま世間を騒がしておりますな」

助三郎が言うと、

「いかにも。網次郎は当家お抱えであったため、殿におかれても大変に気にかけておられます。今回、水戸の御老公も、ご懸念を抱かれておられるご様子。それゆえ、網次郎について話にまいりました」

根津によると、藩主の河瀬安芸守昌親《まさちか》は大変な相撲好きで、網次郎をたいそうかわいがっていたらしい。

網次郎はもともと喜多方の造り酒屋の息子で、鎮守《ちんじゅ》の社で開催された村相撲で優勝した。領内を巡検していた昌親は、その隆々《りゅうりゅう》とした体格に惚れこみ、江戸に連れていって鳴子《なるこ》部屋に入れ、力士修行をさせたという。

「大関間違いなし、という逸材《いつざい》であったのだが、残念なことに」

根津は、悔やんでも悔やみきれないと語った。

「わしも、あの場におったのだ」

網次郎が札差の勘太郎一派にさんざん罵倒《ばとう》されるのを、根津も見たという。

富岡八幡宮の境内で開催された相撲である。相撲観戦の場には、大名は行くことはできない。家臣たちが結果を藩邸に知らせる。

根津は、その見届け役であった。

「相手は同じ関脇、灘之花右衛門《なだのはなえもん》。御三家尾張大納言さまのお抱えであった。好勝負を期待したのだがな、網次郎はあの日、いきりたっておった。そこへ、心ない罵声を浴びせられて、すっかり本領を発揮できなくなってしまった」

「まこと、惜しいことになりましたな」

それが原因で暴力沙汰を起こし、力士を廃業した網次郎は身を持ち崩して、やくざ者とつるむようになった。賭場《とば》の用心棒をやったりしているうちに、盗みを働くようにまで落ちぶれたのだという。

「みずからの犯行だと堂々と手形を残したということは、早く捕まえてくれという心境だったのかもしれませんな」

助三郎が言うと、

「そうかもしれませぬ」

根津も暗い顔になった。それからおもむろに、

「ところで、網次郎であるが、遺留品を探しております。いや、水戸家とはかかわりないことゆえ、よけいなことを申しました」

と、語ってからぺこりと頭をさげた。

「遺留品がいかがされたのですか」

興味を覚え、助三郎は問いかけた。

「なにか思い出となるような品でもあればと……罪人ゆえ、表立ってのことではないが、わが殿はひそかに網次郎を供養しようとお考えなのです。よって、なにか遺留品があると都合がよいのです」

なるほど、そういうことか。

藩主の河瀬昌親は、昨今の幽霊騒ぎを耳にして、いまだ網次郎が成仏できないでいると思ったそうだ。それで、丁重に供養してやることで成仏させよう、との考えである。

まこと、心優しい殿さまだ。

光圀に聞かせたい、と助三郎は内心でつぶやきつつ、ふと気になった。

「相手の尾張さまの灘之花右衛門は、そのあといかがいたしたのですか」

「ええと……たしか、怪我をして引退したはずです。あいつも素質を持った力士で、網次郎の好敵手になると評判だったのですが、結局のところ、ふたりとも大関にはなれず仕舞でした」

根津は首を横に何度も振ってから、

「御老公によろしくお伝えくだされ」

丁重にお辞儀をすると立ち去った。

根津と入れ替わるように、八兵衛がやってきた。牢屋同心の今野源左衛門から連絡があり、網次郎の手下が南町奉行所に捕縛され、小伝馬町の牢屋敷に入ったそうだ。

「仁吉《じんきち》という男で、網次郎の手下だということを誇っているそうですよ」

八兵衛の顔から呆れた笑みが漏れた。

「網次郎が押し入ったのは三軒だったな」

「両替商、酒問屋、米問屋、言っては悪いが、みな評判の悪い連中ばかりだったそうです。だから、網次郎のやったことに、庶民は喝采を送ったものです」

「今回の幽霊網次郎騒動。庶民が網次郎のことを待ち望んでいることが、作用しているのかもしれぬな」

「義賊ってわけではありませんが、網次郎は人気がありましたからな。そんな網次郎に勘太郎をやっつけてもらいたい、そんな願いがあるのかもしれませんね」

「たしかに、勘太郎も評判の悪い男のようだからな。今日は柳橋の芸者を総揚げだとか、吉原でも大盤振る舞い。その派手な遊びぶりは、庶民から見ればけっして好ましいものではない。南町奉行所が訴えを断ったのも、事の是非はともかく、嫌われている証《あかし》だ」

助三郎も賛同した。

するとそこへ、今野源左衛門から文が届いた。

さっそく目を通した助三郎は、厳しい顔で言った。

「牢屋敷に入獄した網次郎の手下仁吉だが、さきほど舌を噛んで自死したそうだ。その際、網次郎親分は生き返った……勘太郎へ仕返しをする、と言い残したのだとか」

「生き返った……化けて出たんじゃないんですかね」

幽霊に恐怖心を抱く八兵衛は、怖気《おぞけ》を震った。

助三郎と光圀は、勘太郎の寮を訪れた。

物好きな旗本の御隠居、徳田光九郎と、家臣の佐々野助三郎である。

用心棒になってやる、と光圀が恩着せがましく申し出ると、

「それは心強うございます」

勘太郎は、光圀と助三郎を迎え入れた。

寮は向島《むこうじま》、三囲稲荷《みめぐりいなり》の裏手にあった。三囲稲荷は向島七福神のうち、恵比寿神、大黒天を祀《まつ》る名所である。浅草から竹屋の渡しで船に乗ってすぐという立地で、七福神めぐりの者たちで年中賑わっている。

勘太郎も花見の時節には、大勢の芸者、太鼓持ちを引き連れて散策をするのだろう。

寮は生垣に囲まれた三千坪ほどの敷地に、檜造《ひのきづく》りの母屋、回遊式の庭園に土蔵が建ち並んでいた。

勘太郎は庭の東屋《あずまや》で、

「本当にありがとうございます」

よほど援軍が心強かったのか、米搗《こめつ》き飛蝗《ばった》のように礼を繰り返した。

「いっそ、寮ではなく、蔵前の店におってはどうじゃ」

光圀の提案に、

「それはできません」

勘太郎はきっぱりと首を横に振る。

「なぜじゃ」

「徳田さま、意地というものですよ。網次郎の幽霊ごときに尻尾《しっぽ》を巻いたとあっては、八幡屋勘太郎の名がすたれます。いま、江戸中の耳目《じもく》があたしに集まっています。千両役者のような心持ちですよ。逃げることなんかできません」

勘太郎は胸を張った。

「意地を張っておる場合ではないと存ずるが」

助三郎が懸念を示した。

「佐々野さま、ご自分の腕でわたしを守れないとおっしゃるのか」

勘太郎は一転、挑戦的になってきた。この男、言葉だけでなく、心の底から網次郎の挑戦を喜んでいるようだ。それからおもむろに懐に手を入れると、一枚の瓦版を取りだした。それを助三郎が受け取る。

読売にはでかでかと、幽霊網次郎が恨みを晴らすため勘太郎の寮に盗み入る、とあった。

「読売でも、こんな具合に書きたてられております。ここは受けて立たなければ、男がすたれますすよ」

勘太郎は、どうだと言わんばかりである。

黙りこむ助三郎に、

「これはいい読売のネタになりますよ。わたしの評判が、さらに高まるというものです」

もはや勘太郎は、すっかり人気役者気どりである。

そこへ、例の山伏、往生坊がやってきて、勘太郎のかたわらに立った。

今日も自信たっぷりに金剛杖を手にして、なにやらわけのわからない呪文を唱えている。

勘太郎が、用心棒を買って出てくださった、と光圀と助三郎を紹介した。

「わざわざ、ご苦労さまですな。しかし、徳田さまのお手を煩《わずら》わせることはない。わが呪法があれば、網次郎の怨霊など恐れるに足りず」

往生坊という男、凄まじいばかりの自己顕示欲である。きっとこの男も、事件をきっかけに名を売りたいのだろう。勘太郎と似た者同士ということか。

と、奉公人が来客を伝えた。

「喜多方藩の……」

勘太郎は怪訝《けげん》な顔をしたが、すぐにお通しして、と告げる。やがて、羽織、袴の人品卑《いや》しからぬ武士が入ってきた。

「拙者、喜多方藩留守居役・根津伝八郎と申す」

勘太郎は立ちあがって挨拶をした。

根津は助三郎と一緒にいるのが水戸光圀と気づいたようだが、助三郎が黙っているよう目で合図を送ったために、口を閉ざした。

次いで根津は往生坊に一瞥を加えると、小首を傾げた。胡乱《うろん》な奴め、とでも思ったのかもしれない。東屋の腰掛けに腰をおろし、勘太郎と向かいあった。

「本日、まかり越したのは、網次郎のことである」

根津は言った。

「網次郎がいかにされたのですか」

「幽霊騒ぎの一件だ。そなたも存じておると思うが、網次郎は当家の抱え力士であった」

「存じております」

「そなたとの因縁で、網次郎は力士を廃業に追いこまれた。よって当家としては、網次郎の供養をし、怨霊となった網次郎の霊を慰めたいと思う。ついてはそなたも、いくばくかの供養料を出す気はないか」

根津の申し出を、

「供養……」

勘太郎はおおげさに首をひねった。

「いかにも。供養することで、そなたに取り憑《つ》く網次郎の怨霊から、自身を守ることができよう」

「これはおかしい」

勘太郎は声をあげて笑った。

「なにがおかしいのだ」

根津は気色ばんだ。

「わたしは、網次郎の怨霊など恐れてなどおりません」

勘太郎が言い返すと、

「いかにも。網次郎の怨霊など恐れるに足りずだ」

往生坊が言い放った。

「おのれ、喜多方藩を愚弄するか！」

根津も猛《たけ》りたつ。

「喜多方さまこそ、手前を見くだされますか」

役者のように、勘太郎は見得《みえ》を切った。

四

「ずいぶんと思いあがった奴め、吠え面をかくな」

「網次郎の幽霊などという得体の知れないもののために、藩の評判を落とすようなことはなされますな」

勘太郎は負けじと言い放つ。

「そなたの腹のうち、よくわかった」

踵《きびす》を返した根津は、そのまま足早に立ち去る。その背中を見送りながら、

「なにが喜多方藩だ。国持格だろうが、しょせんは田舎大名だ」

勘太郎が強気になっているのは、網次郎への恐怖心から逃れるためでもあるようだ。

「勘太郎、いささか言葉が過ぎたのではないかな」

助三郎が注意をした。

「そんなことはありませんよ」

勘太郎は高ぶった気持ちをおさえることができないようだ。往生坊がそれを煽るようにして、そうだ、そうだ、と繰り返す。

助三郎は、そこに危うさを感じた。

——このままでは無事に済まぬかもしれん。


網次郎が勘太郎の命と財産を奪うと予告した二十日となった。

二十日の夜九つ、向島の寮に押し入る、とふてぶてしい文が、手形を添えられて勘太郎に届いたのだ。

夕暮れ、三囲稲荷に八兵衛と今野源左衛門の姿があった。ふたりは居ても立ってもいられなくなり、勘太郎の寮の近くまでやってきたのである。

網次郎は読売にも、勘太郎に送ったのと同じ文を出していた。このため、読売屋と思しき連中が何人か、寮のそばをうろついている。

「寮には佐々野さんや怪しげな祈禱師、往生坊が詰めております」

あえて八兵衛は、光圀の名前は出さなかった。

「われらは寮の外で待機していよう」

うなずきながら今野が言った。

「では、寮の外で待っていて、もし網次郎か手下が逃亡しようとしたら、捕まえるのですね」

八兵衛が確かめると、

「いかにも。一網打尽じゃ」

人の好さそうな顔で、今野は言った。

「本物の網次郎なのか、網次郎を騙る者が押し入るのか、あるいは、悪戯なのでしょうか」

八兵衛は首を傾げた。

「その謎が今夜あきらかになるのだ」

自分への疑いも晴れる、と今野は感慨をこめて言った。

次いで、

「じつは、南町奉行所が動きだしたそうだ。世間の評判が高まって、さすがに知らぬ顔をしていられなくなったらしい」

南町奉行所は、郊外の無人寺などを根こそぎ探索にあたっているが、網次郎の行方はまるでつかめないという。

「やはり、幽霊でござろうかな」

今野はなかば冗談、なかば本気で言った。

「ならば、寮へ行ってみますか」

ここまで来て帰るのもなんだという思いで、八兵衛と今野はさらに寮へと近づいてみた。

暗闇に高張提灯が掲げられ、篝火《かがりび》が夜空を焦《こ》がしている。木戸門に近づき、そっと中をうかがう。すると、ものものしい警護と思いきや、にぎにぎしい音曲と嬌声が聞こえる。

生垣越しに中をのぞくと舞台がしつらえてあり、派手な着物に身を包んだ大勢の女が三味線太鼓に合わせて踊っている。舞台の前には桟敷席が設けてあって、勘太郎と思しき男が女を侍らせて酒を飲んでいた。

「勘太郎は、札差の意地を見せているのだ。命を狙われているのにへっちゃらだ、と剛毅《ごうき》なところを読売に書かせたいのだろう。見栄っ張りもここまでくると、一種の才覚かもしれんなあ」

今野が感心すると、

「見栄というか、馬鹿としか思えません」

八兵衛は顔をしかめた。

すると、寮のまわりを、南町奉行所の御用提灯が取り巻いた。世間の声に押されて、網次郎捕縛に出動したようだ。

こうしたやり方に危ういものを感じ、浮かれ騒いでいる勘太郎の耳元で、

「これはちと、やりすぎではないのか」

と、助三郎は言った。

勘太郎は表情をだらりとさせ、

「いい機会じゃありませんか。いいですか、今夜はこの勘太郎が、網次郎の幽霊

を退治するのですよ。それを江戸中に知らしめてやるのです。佐々野さまも楽しんでくださいな」

と、いっこうに反省の色を見せない。

光圀はというと、勘太郎に勧められるまでもなく楽しんでいる。芸妓にお酌をさせ、舞台で繰り広げられる華麗な舞踊に魅入っていた。

そこへ往生坊がやってきて、

「準備が整いましたぞ」

声をかけた。

勘太郎はニヤリとした。助三郎が訝しんでいると、往生坊が一通の書状を見せた。今朝、勘太郎に届けられたという。

目を通すとそこには、寮の中にある御堂に現れる、とあった。

「御堂」

助三郎が視線を転ずると、

「ずっと、代々にわたって残っている、古めかしい建物です」

勘太郎は答えた。たしかに、屋敷の片隅にそんな建物があった。

そこに網次郎が現れるとは、どういうことだ。

「ともかく、あたしもこもるからね」

勘太郎は往生坊とともに、母屋の裏手へと向かった。助三郎は光圀を残し、ふたりについていった。古びた御堂が建っている。周囲を濡れ縁がめぐった、八角形の建物だ。

勘太郎は階《きざはし》をのぼると、観音扉を開き中に入った。助三郎と往生坊も続く。中は板敷が広がり、護摩壇《ごまだん》が設けてあった。護摩壇には赤々と火が焚かれ、御堂の中を照らしていた。

八畳ほどの殺風景な空間が広がるばかりだが、木々が爆《は》ぜる音と炎の揺らめきが、なにやら神秘的な雰囲気を醸しだしている。

往生坊にうながされ、勘太郎が護摩壇の前に座る。長羽織を脱ぎ、腰には鮫鞘《さめざや》の脇差を帯びていた。勘太郎の横には往生坊が座し、朗々とした声で呪文を唱えはじめる。

助三郎は異様な光景から逃れるように、御堂の外に出た。観音扉を閉ざしても、御堂の中からははっきりと呪文の声が聞こえてきた。

立ち去ろうと思ったが、網次郎と手下の来襲に備え、階の下で待機した。

四半刻が過ぎたころ、往生坊のみが出てきた。

「勘太郎殿はいかに」

「網次郎が予告してまいったのは、夜九つ。それまでここに、こもられる」

「では、わたしもこもろう」

助三郎が申し出ると、往生坊は強い調子で、

「ならん」

と、一喝した。勘太郎は、あくまでひとりで網次郎と戦うという。

無茶だと危惧したが、どうせ幽霊など現れはしない、という思いもある。それゆえ、あえて御堂の中には足を踏み入れることなく、御堂の前に立った。

往生坊は、閉じられた観音扉前の濡れ縁に座り、呪文を唱えはじめた。周囲に篝火が焚かれ、なにやら玄妙な空気が漂った。


一度宴席に戻ってみると、光圀は庭の舞台で舞い踊っていた女たちを侍らせ、上機嫌で酒を飲んでいる。幽霊網次郎の素性を暴き、懲らしめると息巻いていた副将軍さまは、いまや若い娘にうつつを抜かしていた。

助三郎は光圀のそばに寄り、

「網次郎が押し入るころですぞ」

と、語りかけた。

興を削がれた光圀は嫌な顔をしたが、

「よし、退治してやるか」

と、億劫そうに腰をあげた。

杖《つえ》をつき、

「助さん、案内しなさい」

悠然と歩きだす。


寮の周囲は南町奉行所の捕方が巡回しているとあって、八兵衛と今野は生垣を乗り越え、寮の中に入った。

御堂があり、そのまわりを八幡屋の奉公人たちが守っている。八兵衛が気さくな調子で、奉公人に声をかけた。読売屋だが、勘太郎旦那はどうしておられるか、と確かめる。

どうやら御堂にこもり、往生坊が祈禱しているらしい。

さっそく、八兵衛と今野は御堂に向かった。御堂が近くなると、

「妙な呪文のようなものが聞こえる」

今野は耳を御堂に向けた。

夜空を焦がす篝火と蕭条《しょうじょう》と響く呪文に、八兵衛は薄気味悪さを感じていた。

「勘太郎のことです。なにか魂胆あってのことでしょう。きっと、人を驚かせようという趣向に違いない」

八兵衛の考えに、今野も賛同し、

「この期《ご》に及んで、目立ちたがり屋じゃのう。ああいう手合いは、恐い目、痛い目を見たほうがよいのだ」

と、渋面を作った。

「綱次郎は、今晩中に勘太郎の命と財産を奪うと言っているのです。御堂にこもれば、たしかに命は助かるかもしれませぬ。それに、金も御堂のどこかに隠してあるのかもしれませぬな」

「きっとそうだ。ならば、われらもここで様子を見るとするか」

八兵衛と今野は、御堂から少し離れた梅の木の下に移動した。篝火の灯りが届かないため、闇のなかにあり、身をひそませるには都合がよい。

梅の木の下でたたずむと、

「出そうですぞ、この雰囲気」

幽霊嫌いの八兵衛は、肩をそびやかした。

夜九つを告げる鐘の音が鳴った。

「あれ。どうも現れませんな」

八兵衛が言ったとき、

「ひえ！」

夜空をつんざく声がした。

五

急いで助三郎と光圀は、御堂に向かった。

階をのぼろうとしたところで、往生坊が両手を広げ、

「ならん。いま勘太郎殿は、網次郎と戦っておるのだ」

と、大真面目に言い放ち、御堂内への立ち入りを拒んだ。御堂のまわりには奉公人たちと、寮の外を巡回していた南町奉行所の捕方が取り巻いていた。

南町奉行所も放ってはおけず、網次郎が予告した夜九つ近くになって、御堂の警護を申し出てきたのだ。

奉公人と捕方で、御堂は蟻《あり》の出る隙間もないほどに堅固な防備になっていた。まさしく、幽霊でもないかぎり、出入りは不可能だ。

それでも、御堂の中が気になる。

「馬鹿なことを申すな」

助三郎は階をのぼろうとしたが、

「おのれ、網次郎」

勘太郎の声が聞こえた。

次いで、激しく争う音が、観音扉越しにも聞こえてきた。助三郎と光圀は顔を見あわせて立ち尽くした。

しばらく言い争う音が続いたあと、突然に途絶えた。

と、なにかが倒れる音がした。

「終わったようじゃ」

往生坊は言うと、観音扉を開けた。

助三郎も光圀も、食い入るような視線を向ける。

すると、勘太郎が仰向けに倒れていた。

ただ倒れているのではなく、胸には短刀が突きたっている。往生坊が駆け寄り、かたわらに屈みこんだ。短刀は心臓を突き刺し、それが栓《せん》の役割を果たしているらしく、血は流れ出ていない。

助三郎は、御堂内を見まわした。床に勘太郎の長羽織がたたんで置いてあるだけで、あとはがらんとしている。

助三郎は、往生坊を見る。往生坊は首を横に振り、勘太郎が息絶えたことを告げた。助三郎が亡骸《なきがら》に歩み寄ろうとしたが、

「曲者！」

という声が聞こえた。

「あそこに怪しい者が」

往生坊が、御堂の近くに植えられた梅の木を指差した。篝火が届かず闇が広がっているために面相はわからないが、男らしい人影がふたつ見える。

助三郎と光圀は、梅の木に向かった。捕方と奉公人たちも、ぞろぞろと移動する。

八兵衛と今野は、御堂の騒ぎに顔を見あわせた。

「何事だ」

今野が疑問を口に出したところで、大勢の人影が殺到する。御用提灯を向けられ、立ち尽くすふたりに向かって、

「御用だ！」

怒鳴り声を浴びせられた。今野が気を取り直し、

「せ、拙者、小伝馬町の牢屋敷の同心で、今野源左衛門です」

八兵衛を紹介しようとしたところで、八兵衛は自分で素性を名乗った。

牢屋同心と水戸家の奉公人がなぜこの場にいるのだと、捕方が戸惑っていると、助三郎をともない光圀がやってきた。

「おお、八兵衛」

光圀の場違いとも言えるのんびりとした口調に、捕方は困惑を深めた。助三郎が光圀の素性を明かそうとしたが、光圀は制し、御堂の中で勘太郎が殺されたことを話した。捕方のひとりが、光圀の素性を確かめようとしたが、

「ほれ、網次郎一味は、この近くにおるかもしれぬぞ。急げ、捕り逃がすな！」

光圀に叱咤され、捕方はお互いの顔を見あわせたが、光圀の威勢に押されたのか、下手人を追って夜陰を駆けていった。

「まさか……下手人は、幽霊網次郎ではないのか」

今野は茫然と立ち尽くした。

「幽霊網次郎の仕業のようじゃぞ」

光圀は答えると、くるりと背中を向け、御堂に戻る、と言って歩きだした。

助三郎も、あわててあとを追う。

「あの方は……」

今野は光圀の背中を見ながら、八兵衛に問いかけた。

「水戸の御老公です」

八兵衛が答えると、

「天下の副将軍さまか」

両目を見開き、今野はその場に平伏をした。

御堂の中では、往生坊が勘太郎の亡骸のかたわらにあって、なにやら呪文を唱えていた。勘太郎の脇の床には、赤黒い血溜まりができている。

助三郎と光圀は、呆然と立ち尽くした。

ふと、往生坊の呪文がやんだ。ゆっくりと振り向き、

「残念ながら、勘太郎殿は網次郎の怨霊に敗れ去った」

と、告げた。

「御堂の中で、勘太郎は網次郎の幽霊と争っていたと申すのか」

助三郎が確かめると、往生坊は御堂の中を見まわした。まだ、網次郎の幽霊が御堂内にいるかのようだ。

「さよう……わしは勘太郎殿に頼まれ、網次郎の怨霊を呼びだした。勘太郎殿はその怨霊に打ち勝ってみせる、と豪語された。わしの霊力によって、網次郎の幽霊こそ呼びだすことができたが、あとは、勘太郎殿のお力で網次郎の怨霊を退治するしかなかった。勘太郎殿は、懸命に闘われた。その結果、敗れて亡くなられたのだ」

往生坊は淡々と語った。

助三郎は首を左右に振り、

「幽霊の仕業のわけはないだろう」

「御堂の周囲には、南町の捕方や八幡屋の奉公人がびっしりと囲んでおった。人どころか蟻一匹、出入りしなかったのだぞ。幽霊以外に、勘太郎殿を殺せるはずがない」

往生坊は言い張った。

「いかにも、御堂に出入りする者はいなかった。御堂内にも、誰もひそんではおらなかった」

とうてい信じられるものではないが、それは認めざるをえない。光圀も思案をしているものの、妙案は浮かばないようだ。

「幽霊……そんな馬鹿な」

もう一度、助三郎は否定したが、負け惜しみでしかない。

「貴殿、しつこいぞ。幽霊網次郎の仕業と認めよ」

往生坊は高圧的になった。

なにか反論してやりたい。

そうだ、

「幽霊が人を殺すのに短刀など使うものか」

と、反論した。

横目に光圀がうなずくのが映り、励みになった。

「では、人がどうやって御堂の中に出入りをして、勘太郎を殺すことができたのでござるか」

往生坊に問い直され、助三郎は苦しまぎれに、

「それは……下手人は隙をついたのだ」

そう返したが、とうてい往生坊を納得させられるものではない。

頭の中を整理すべく、助三郎は続けた。

「いや、違うな。残念ながら隙はなかった。出入りできるのは、観音扉だけ。その前には、往生坊殿がどっかと座しておられた。むろん、わたしもご隠居と一緒に階の下から見張っておった。そのうえ、南町の捕方が御堂の周囲を固めていた。それこそ、蟻の出入りもできなかった」

我が意を得たりとばかりに、往生坊が網次郎の幽霊による仕業だと断定した。

だが、幽霊の仕業などとは受け入れがたい。助三郎の意図に賛同するかのように、光圀が言葉を放った。

「わしも、網次郎の幽霊による仕業とは思えぬ」

往生坊が、責めるような目で助三郎と光圀を見る。助三郎は往生坊の視線から逃れるように視線を逸らしたが、光圀はそれを受け止め、

「なにかおかしい。違和感がある」

と、漏らした。

「幽霊が人を殺したのだ。違和感を抱いて当然」

轟然《ごうぜん》と言い放つ往生坊にかまわず、助三郎は思案するように両の瞼《まぶた》を閉じた。

往生坊が苛立たしげに見守るなか、やがて助三郎の両眼が開かれた。

「そうだ！」

助三郎は勘太郎の亡骸のかたわらに立ち、じっと見おろした。それからおもむろに、

「血だ」

と、ひとこと発した。

「血がどうしたのだ。心の臓を刺されたのだ。血が出ているのは、あたりまえではないか」

往生坊は鼻で笑う。

「血が流れておるのは当然。それはそうだ。わたしがおかしいと申しておるのは、御堂に踏みこんだときには流れていなかったということだ。わたしはそれを、短刀が栓の役割を果たしているのだと思った。刺された亡骸というものは、案外と血が出ないものだ」

静かに見やると、往生坊は笑みを引っこめていた。

「それから、もうひとつ違和感がある」

助三郎は往生坊に向き直った。往生坊は、じりじりと後ずさった。

「往生坊殿の、その胸の膨らみだ」

鈴懸の袈裟の右胸が、こんもりと盛りあがっている。

「いつから女子になったのだ」

薄笑いを浮かべるや、助三郎は抜刀し、電光石火の突きを繰りだした。

刀の切っ先が、往生坊の胸に突きたった……と思いきや、往生坊の顔には苦悶の様子はない。真っ赤な血潮も流れていなかった。

光圀は目を凝らして見守っている。

助三郎は気合いを入れ、大刀を引いた。

切っ先に突き刺さっていたのは、真っ白な鏡餅《かがみもち》である。

「これはいったい、なんじゃ……」

疑問を発する光圀に対し、助三郎はにんまりとして、

「往生坊の祈禱の正体です」

と、餅を切っ先から外してみせた。

ここにきて往生坊は観念したように、

「そなたの目は誤魔化せなんだ」

と、真相を語りはじめた。

往生坊は勘太郎と、ひと芝居を打つことにした。

勘太郎は大変に目立ちたがり屋。幽霊網次郎の評判を聞くと、最初は怖がっていたものの、同時にそれを利用して、江戸中の耳目を集めようとしたらしい。

そんな勘太郎に祈禱師として近づき、往生坊は一計を授けた。

「この古めかしい御堂にこもり、網次郎の怨霊と戦い、それを退治するというものだった。そのために、網次郎親分からの文を偽造した。牢屋敷で死んだ仁吉も仲間だった。仁吉は、親分のためなら命も惜しくないと仲間に加わってくれた。そうさ、おれは網次郎親分の手下だった。ともに、喜多方藩に抱えられて力士修行したんだ」

ここで、

「そうか……」

助三郎はなにか閃《ひらめ》いたように声をあげた。

「喜多方藩の根津殿が来られたとき、おまえを不審な目で見ていた。わたしはてっきり、おまえの胡散臭さを思ってのことだと思ったが、あれはおまえに見覚えがあり、記憶を手繰っておられたのだろう」

「あのときは肝を冷やしたが、根津さまはおれの素性を思いだすことができなかったようだ」

往生坊は苦笑を漏らした。

往生坊は、網次郎が残した手形を利用し、あたかも網次郎が生き返ったごとく盗みを繰り返して、勘太郎を狙ったのだった。

「では、御堂内での争いは……」

助三郎の問いかけに、

「勘太郎のひとり芝居だ」

往生坊によると、勘太郎は網次郎の怨霊と戦う芝居を打った。

ここで、光圀が疑問を投げかけた。

「しかし、網次郎によって刺殺されたではないか」

「それが、今回の芝居の胆だった。わしはこう言い含めた」

往生坊は、ただ網次郎の幽霊と戦って勝ったのでは、世に与える印象は弱い。

もっと大きな衝撃を与えるには、

「いったん、刺殺されたように見せかける。そして、そのあとに生き返り、それからふたたび網次郎の怨霊と戦って勝利するのだ」

その筋書きどおり、勘太郎は鏡餅を胸に仕込み、そこに短刀を突きたてた。そこへ、いったん捕方を踏みこませ、勘太郎が死んでいることを確認させる。

次いで、往生坊が捕方を外に追い払い、ふたたび観音扉を閉じたところで、捕方を引き返させ、勘太郎は生き返り、御堂から出てくる。

「ところが、それに便乗しておまえは、今度は本当に勘太郎を刺殺した」

助三郎が言う。

往生坊は不気味な笑い声を放った。

「こんなに手のこんだ方法で殺さねばならなかったのか」

助三郎が問いかける。

「仇だからな」

吐き捨てるように言って、往生坊はおもむろに続けた。

「おれは、網次郎親分とは同じ釜の飯を食った。目をかけられ、ずいぶんとかわいがってもらった……勘太郎の奴が、この世を闊歩《かっぽ》しているのが我慢ならなかった。なら、派手な最期《さいご》を迎えさせてやろうと思ったのだ」

ふたたび往生坊は笑い声をあげた。

夜空に、不気味な哄笑がいつまでも響きわたった。あの世にいる網次郎への、仇を討ったという高らかな宣言であるかのようだった。

時節遅れの幽霊騒動は、こうして終幕を迎えた。

幽霊の正体見たり枯れ尾花。

勘太郎は死んだ網次郎を使って、己が評判を高めようとし、評判という虚名によって身を滅ぼした。

華やかに繰り広げられていた宴が、すでにお開きとなっていて、虫の鳴き声が響いている。

万時に派手好みであった勘太郎の最期を彩るには、あまりにも寂しいものだった。


読売は、関取網次郎の幽霊騒動を大々的に書きたてた。

往生坊と八幡屋勘太郎の企てを暴きたてたのは、水戸家彰考館の館員、佐々野助三郎ではなく、もちろん天下の副将軍、水戸の御老公さまと喧伝されている。

助三郎は、文句をつけるつもりはない。

ただ、幽霊騒動でいっそう高まった評判に気をよくし、光圀のお忍び外出が増えることだけが心配だった。

安積格之進も同じく危機感を抱いてか、「大日本史」編纂に関する用事を増やし、光圀を多忙にしている。

当面、外出の閑《ひま》はないようだが、編纂が一段落したあとが怖い。

「相棒、次はどんな悪党退治をしてやろうかのう」

手ぐすねを引いて、光圀は外出の機会をうかがっている。

光圀から声をかけられるのが、助三郎はめんどくさくもあり、楽しみでもあった。

コスミック・時代文庫

相棒《あいぼう》は副将軍《ふくしようぐん》

鎌倉謀殺

2022年10月25日　初版発行

【著 者】
早見《はやみ》 俊《しゆん》

【発行者】
相澤　晃

【発 行】
株式会社コスミック出版
〒154-0002 東京都世田谷区下馬 6-15-4
代表　TEL.03(5432)7081
営業　TEL.03(5432)7084
　　　FAX.03(5432)7088
編集　TEL.03(5432)7086
　　　FAX.03(5432)7090

【ホームページ】
http://www.cosmicpub.com/
【振替口座】
00110-8-611382

【印刷／製本】
中央精版印刷株式会社

ISBN978-4-7747-6420-7 C0193